十二國記

東之海神 西之滄海

小野不由美 Ono Fuyumi

繪者◆山田章博 Yamada Akihiro

譯者◆王蘊潔

十二國記

東之海神　西之滄海

目錄

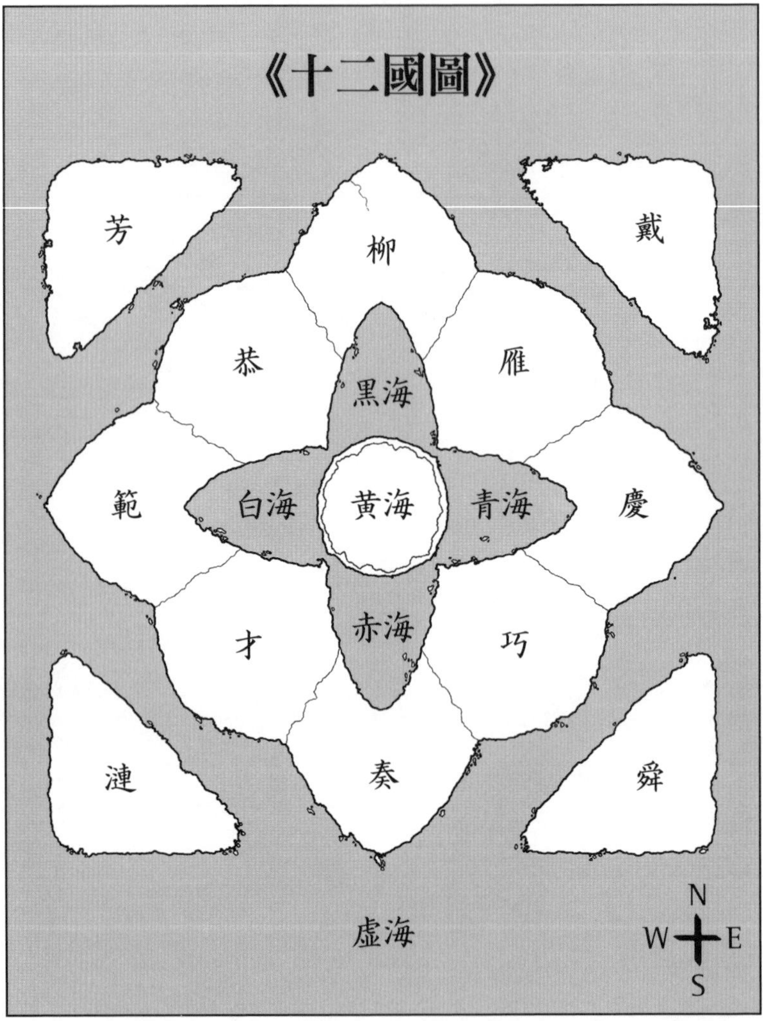
《十二國圖》
芳
柳
戴
恭
雁
黑海
範
白海
黃海
青海
慶
赤海
才
巧
漣
奏
舜
虛海
N
W
E
S

《雁國圖》

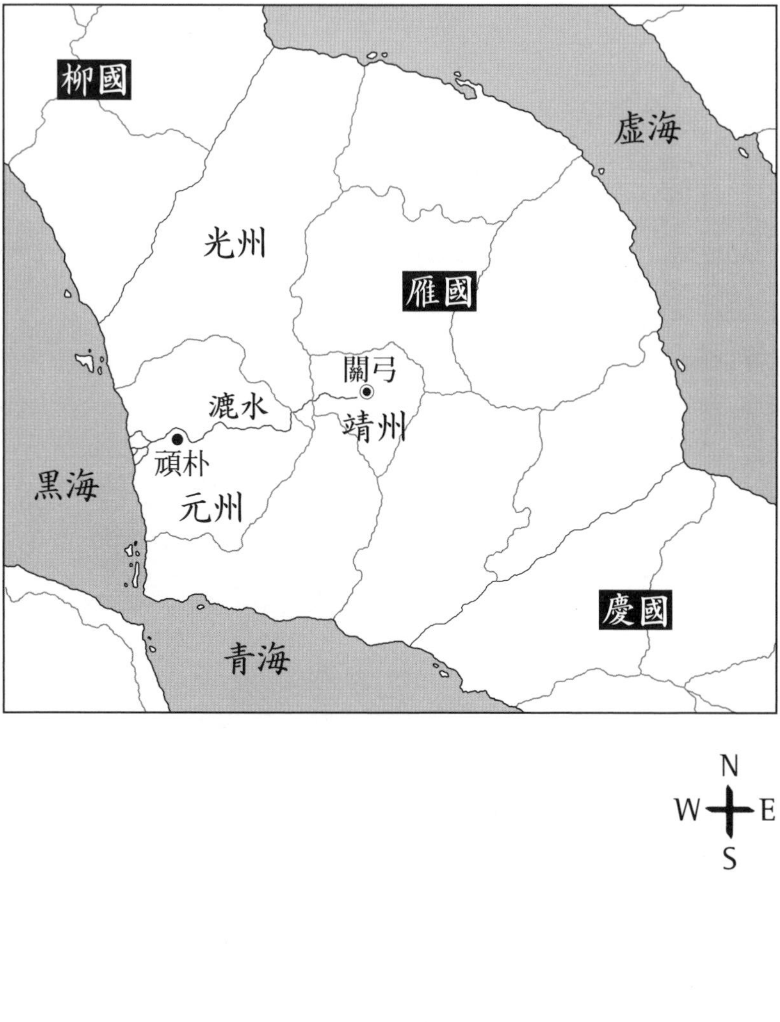

序章

世界的盡頭，有一片名為虛海的海洋。虛海的東方和西方各有一國，兩國被虛海所隔，從無交集，卻有一個共同的傳說。

——在海上遙遠的彼岸，有一個夢幻國度。

那是只有幸運兒可以造訪的幸福國度，有稻穀豐收的肥沃土地，富如泉湧，沒有生老病死，也沒有任何痛苦。其中一國稱彼岸這個夢幻國度為「蓬萊」，另一國稱之為「常世」。

深夜時分。

在這兩個相互隔絕、互為異界的國度，在蓬萊國和常世國，分別有一個小孩從睡夢中醒來。

*

他被說話聲驚醒。窸窸窣窣的聲音從黑暗中爬向他的耳邊。父親和母親在家門外說話的聲音傳了進來。

雖名為家，卻只是架起四根木棍，用草蓆代替牆壁和屋頂擋風遮雨的陋居。所謂睡床，也只是身上裹一塊布，睡在蟲子不斷飛來飛去的泥土上，只能靠著擠在一起的哥哥和姊姊身上的體溫取暖。以前住的家比較像樣，但那個家已經不復存在，在焦土化的都城角落化成了灰燼。

「……那也沒辦法啊。」
父親的聲音很低沉。
「但是……」母親吞吐起來，「雖然他年紀最小，但他太聰明了，很可怕。」
他的身體在黑暗中忍不住抖了一下。因為他知道父母在談論他，所以睡意全消。
「但是……」
「他已經懂事了，也很有智慧，和他同齡的孩子根本連話也說不清楚，他簡直就像不是這個世界的什麼來到了凡間。」
「雖然妳說得沒錯，但他還只是小孩子，根本不會知道發生了什麼事。」
「不是，那孩子死了，可能會帶來禍祟。」
他拉緊衣襟，在黑暗中縮成一團，努力讓自己睡著。他不願意繼續聽父母說下去。雖然他才四歲多，但已經知道父母在說什麼。
父母還在討論，但他努力不去聽，把這件事趕出自己的意識，勉強自己入睡。
兩天後，父親探頭看著他問：
「兒子啊，爹爹要出門辦事，要不要一起去？」
他沒有問要去哪裡，也沒有問為什麼。
「嗯，我要去。」
「是嗎？」父親露出複雜的表情把手遞到他面前，他緊緊握住父親的手。感受著父親大手的粗糙，他們離開了家，走在一片焦土上。來到衣笠山後，又繼續往山裡走，越過好幾個山坡，他已經不知道自己身在何處，父親終於鬆開了他的手。

「兒子，你留在這裡，爹爹馬上回來，在這裡等我。」

「嗯。」他點了點頭。

「聽好了，你絕對不可以動喔。」

「嗯。」他再度點了點頭，目送著頻頻回頭，離開樹林的父親背影。

——我不會走。絕對要一直、一直在這裡。

他握緊拳頭，注視著父親弓著寬大的背影消失的方向。

——我絕對不會回家。

他遵守了自己的誓言，站在原地一動也不動。天黑之後，他就在原地睡覺；餓了就拔附近的草根果腹，只喝夜露解渴。到了第三天，他想動也動彈不得了。

——沒關係，我絕對不會回家。

他很清楚，一旦回到家，父母就會傷腦筋。

都城已經燒毀，到處都是屍體。曾經雇用父親的雇主被西軍的雜兵殺害，沒有工作，也沒有房子的一家人想要活下去，就必須盡可能減少無法工作，只會張嘴吃飯的小孩子人數。

他閉上眼睛，任憑意識漸漸朦朧。在入睡之前，聽到野獸撥開草叢的聲音。

——我會等在這裡。

他要等到一家人終於活下來，生活安定，得到幸福後，有朝一日突然想到他，來這裡悼念他。

他會永遠在這裡等待。

＊

他在半夜醒來，聽到有人說話的聲音。他太想睡了，聽不到那些人在說什麼，只知道那些人都在責怪母親。要去救母親。雖然年幼的他這麼想，但他無法動彈，再度陷入了昏睡。

第二天，母親牽著他的手離開了里。母親牽著他的手走在路上時不停地流著淚，這是他第一次看到母親的淚水。

他沒有父親，母親告訴他，父親去了遠方的國度。他們所住的廬被燒毀，母親和他去了里，睡在廣場的角落。雖然很多人都聚集在那個不大的里，但那些人一個又一個減少，最後只剩下寥寥數人，只有他一個小孩子。

除了母親以外，所有的大人對他都很冷淡。他們總是凶狠地毆打他，對他惡言相向。每次他說肚子餓，都會遭到這種對待。

母親牽著他的手無聲地啜泣，走在被燒得一片荒蕪的農田中。不久之後，他們走進山中，撥開樹林往山上走。他以前從沒有來過這麼遠的地方。

來到樹林中時，母親終於鬆開了他的手。

「我們在這裡休息一下……你想不想喝水？」

他感到口渴，所以點了點頭。

「我去找水，你在這裡等我。」

他走累了，雖然母親離開令他有點不安，但還是點了點頭。母親一次又一次地撫摸著他，然後突然抽身，在樹林裡奔跑起來。

他坐了下來，漸漸對母親遲遲沒有回來感到不安。他走來走去，尋找母親的身影，不停地呼喚著母親。他在樹林中跌跌撞撞地徘徊了很久，但不知道母親去了哪裡，也不知道該怎麼回家。

他又冷又餓，最痛苦的是他感到口渴不已。

他哭著四處尋找母親。他走出樹林，沿著海岸走了很久，在太陽下山時，他終於找到了里。他衝進里內，想要尋找母親，但見到的都是一些陌生人，他知道自己來到了其他里。

一個男人走到他身旁，向泣不成聲的他問明情況後，撫摸了他的頭，給了他少許水和食物。

男人和周圍的人交換了眼神，牽著他的手。這次他被帶到海邊，湛藍的大海遠方，有一片宛如壁障般的高山綿延，來到懸崖的前端，男人再度摸著他的頭，小聲說了聲「對不起」，然後把他從懸崖上推了下去。

當他再度張開眼睛時，身處黑暗的洞穴中。濃烈的海水味中夾雜著熟悉的腐臭味，那是屍體的臭味。他因為太熟悉這種味道，所以並沒有感到特別害怕，也沒有起疑。

溼透的身體很冷，同時感到無助和寂寞。身旁有動靜，他往發出動靜的方向看去，發現在黑暗中有一個像小山般的影子。

他哭了起來。一方面當然是因為害怕，但更因為感到寂寞。

這時，他的手臂感受到一股溫暖的氣息，他的身體抖了一下，接著，有柔軟的東西撫摸著他，摸起來的感覺有點像鳥的羽毛。這個黑暗的地方似乎有一隻大鳥，不停地窺探著疲憊的他。

他嚇得渾身僵硬，溫暖的羽毛撫摸著他，把他摟進羽翼中。因為太溫暖了，他抱住了羽毛。

「阿母……」

他呼喚著母親哭了起來。

＊

——幸福不是在虛海的盡頭嗎？

到頭來，蓬萊和常世都只是被荒廢所苦的人民內心懇切願望的象徵。

虛海的東方和西方兩個國家被丟棄的孩子不久之後相遇了。
他們共同背負起荒廢，在地上尋找夢幻的國度。

第一章

1

——這種荒廢程度稱為折山。

聳向天際的凌雲山，巨大的峻峰也宛如折斷般荒廢殆盡。

六太茫然地巡視著山野，以前看見這片國土時，以為不可能更荒廢了，但眼前的荒廢程度顯然比當時有過之而無不及。

飄著薄雲的天空很高，在明亮得有點殘酷的蒼穹下，夏天的腳步漸近，地面卻完全不見任何紅色或綠色。農地荒廢，已然成為沙漠，原本這裡應該是一片小麥的綠色海洋，如今不要說小麥，甚至不見茂密的雜草。乾裂的大地和稀疏的枯草已經無法分辨到底何時枯萎，甚至失去了溫暖的黃色。

田埂崩塌，曾經是廬的地方只剩下圍起的石牆，石牆也坍塌四處，燒成了焦黑，經過風雨的沖洗，呈現黯淡悽慘的顏色。

山麓下可以看到里，里的圍牆也崩塌了，裡面的房子變成瓦礫，守護廬和里的樹木蕩然無存，只有被火燻成銀色的里樹孤伶伶的出現在里的深處，有幾個人影一動也不動地坐在里樹的樹根旁，簡直就像石像，沒有一個人有任何動作。

有幾隻鳥和更多外形像鳥的妖魔盤旋在里樹上方。里樹無花，也無樹葉，只要隔著稀疏的樹枝，便可以看到在上空伺機襲擊的妖魔，但沒有一個人抬起頭，野獸和妖魔無法攻擊在里樹下的生物，但即使如此，能夠無視這些妖魔的存在嗎？那些人已經疲憊不堪，無力對妖魔產生恐懼。

山上的樹木被燒盡，河流氾濫，所有的廬、所有的里都化成了灰燼，這裡的土地已經無法收穫，也沒有民眾在這片荒廢殆盡的土地上耕種。他們太疲累了，無法期待翌年的收成而工作，即使想要拿起鋤頭，也因為飢餓而渾身無力，而且也沒有足夠的人數可以相互扶持農務作業。

在天空盤旋的妖魔翅膀也漸漸無力，牠們也很飢餓。一隻妖魔掉落在六太面前，眼前只剩下一片連妖魔也無法肆虐的荒蕪。

折山之荒，亡國之壞。

——簡直就像雁州國已走向末路。

先王謚號為梟王。即位後廣施仁道多年，卻在不知不覺中萌生心魔，以虐民為樂，聽民悲鳴而歡。在各街角設兵站崗，廣布耳目，如遇對王有微辭者，即刻逮捕，在街頭誅殺九族示眾。如有叛亂，立刻開啟水門，水淹整里，或是倒入油液，射以火箭，連嬰兒都誅盡殺絕。

一國諸侯有九，有仁心之州侯皆遭王誅殺，已無人可制止。

宰輔心痛欲絕，得不治之症後，梟王傲然稱天命已盡，為己建造巨大陵墓。召集壯丁，挖掘雙重又深又大之濠溝，以挖出的砂土和慘殺壯丁的屍體，建造一座高而廣大之陵墓，並殺害女人、小孩計十三萬，在其死後於後宮侍候。

陵墓即將峻工之際，梟王駕崩。國土已荒廢，深受塗炭之苦的萬民聽聞駕崩，無不歡欣鼓舞，歡呼聲傳至他國。

民眾對次王寄予厚望，但次王遲遲未登基。在這個世界，王由麒麟挑選，神獸麒麟接受天啟，循天意挑選君王。選定之後，麒麟成為王的臣子，在王身邊任宰輔之職，然宰輔始終無法找到王，盡了三十餘年的天壽死去，為開天闢地以來第八度大凶事。

君王治理國家，調和國家陰陽，龍椅上無王，自然的攝理失調，天災不斷。這場凶事導致梟王荒廢的國土更加荒廢，人民已無餘力悲嘆。

——眼前就是這片荒廢。

六太站在山丘上，轉頭仰望站在身旁的男人。男人看著眼前這片荒土。

六太以延麒為號，雖然有男孩的外形，但他並非人類，而是雁國的麒麟，挑選了身旁的男人為王。

——你想要一個國家？

六太曾經問身旁的男人。但國家已崩壞，可以治理的國土和人民幾乎全無。

——如果不介意是這樣的國家，那就給你。

當初斬釘截鐵地回答「想要」的男人，如今看著這片形同廢墟的土地，不知有何感想，他必定沒有想到竟然荒廢至此。

他會怨嘆，還是憤怒？六太抬頭看著男人，他似乎察覺了六太注視的視線，突然回頭看著六太，然後笑著說：

「還真的是一無所有啊。」

六太點了點頭。

「要從零開始振興一個國家嗎？可真是重責大任啊。」

他一派輕鬆地說。

「既然什麼都沒有，反而可以得心應手，更加輕而易舉啊。」

男人若無其事地笑了起來。

六太低下了頭。不知道為什麼，他突然想哭。

「你怎麼了？」男人問話的聲音溫暖而從容。六太深深地吐了一口氣，他終於知道，原來這麼多年來，肩上承受了幾乎把自己壓垮的重擔。在卸下重擔的此刻，才終於知道這件事。

「好了，」男人把手放在六太肩上，「就去那個叫蓬山的地方，接下這份重責大任吧。」

如今，六太的肩上只感受到男人手掌的重量。他出生至今十三年，終於把對十三歲的生命而言未免太沉重的一國命運，託付給應該承擔這一切的人——至於是好是壞，則又另當別論。

六太回頭看著輕輕拍他的肩膀後就離去的男人。

「——拜託了。」

他並沒有明言要拜託什麼，但男人只是笑了笑說：

「交給我吧。」

2

六太站在宮城的露臺上，心不在焉地看著雲海下方關弓的綠意。

「……變綠了。」

新王登基二十年，國土終於漸漸走向復興之路。

關弓山是雁州國的首都，王宮玄英宮位在山頂上，是浮在一片雲海中的小島。高空中有雲海，區分了天界和下界，即使站在下界往上看，也不知道天上有水，以為打向凌雲山頂的海浪是白色的雲。從天界看雲海，覺得是一片帶著微藍的透明大海，深度看似和一個人的身高相仿，但即使潛入海中，也無法觸及海底。隔著雲海的水，可以看到下界的情況。小麥形成一片碧海，群山綠意回春，廬和里周圍都長滿了保護的樹木。

「可以說，二十年就有了這麼大的變化。」

六太雙臂放在欄杆上，把下巴放在手臂之間。雲海的水不停地打向露臺支架，發出海浪聲，帶來海水的味道。

「——台輔。」

「沒想到有這麼大的變化，剛進玄英宮時，除了一片漆黑的地面以外，什麼都看不到……」

以前曾經是一片焦土，花了二十年時間重建的國家，綠意終於恢復到肉眼可見的程度。逃往他國的國民漸漸回到故鄉，從事農務的農民齊聲高唱的歌聲一年比一年嘹亮。

「台輔。」

「——嗯啊？」

六太轉過頭，手臂仍然放在欄杆上，手拿奏章的朝士對他露出笑容。

「台輔，託您的福，今年的小麥豐收。您在百忙之中關心下界，微臣代表國民深表感謝，如果您願意稍微關心微臣的奏章，微臣將更加欣喜。」

「我在聽啊，你繼續說吧。」

「恕微臣冒犯，是否可以請您認真聽微臣稟報？」

「認真、認真。」

朝士深深地嘆了一口氣。

「您不要像小孩子一樣，請您至少轉身面對微臣。」

六太坐在露臺上陶製獅子的頭上，這個陶製獅子當椅子坐稍微高了點，他懸空的雙腳正晃來晃去，輕輕踢向欄杆。

六太轉向背後露齒一笑。

「我本來就還是小孩子啊。」

「您今年貴庚？」

「三十三歲。」

雖然三十好幾、有地位的男人通常不會有這種動作，但六太外表看起來仍然只有十三歲。這並非奇事，因為在天界的人都不會老，只是很希望六太可以稍微再成熟一點——麒麟通常在十五、六歲到二十五、六歲期間成為成獸，但進入玄英宮後，成長就停止。不知道是因為外表不再成長後，內心也停止成長，還是因為其他人根據他的外表，把他當小孩子對待，他的個性仍然像十三歲，完全沒有成熟。由於他是王的臣子，所以歲數以足歲來計算。

「您身負重任，而且已經進入壯年，沒想到還是這樣。宰輔必須輔佐王施以仁道，您是眾臣中唯一有公爵頭銜者，更為眾臣之首，希望您更加明確意識到自己的身分。」

「我說了我認真在聽啊，你不是在說漉水堤防的事嗎？但這種事要向主上稟報啊。」

朝士微微挑動形狀好看的眉毛，他皮膚白淨，身材纖瘦，看起來性情溫和，但千萬不能被他的外表所騙。他姓楊，字朱衡，王親自賜予他「無謀」的別字，「無謀」這兩個字絕非師出無名。

「……恕微臣斗膽相問，主上目前身在何方？」

「別問我啊，可能去了關弓，在女人那裡尋歡作樂吧。」

朱衡露出柔和的微笑。

「台輔，您似乎不知道身為朝士的微臣為什麼要向您稟報漉水的事吧？」

「啊，對嘛，」六太用力拍手，「治水的事，必須由負責的官吏稟報，這不是你分內的工作啊。」

朝士是掌管警務、法務的官吏，尤其以負責眾官的品行為主。治水工程是掌管土地的地官管轄的業務範圍，至少應該由負責土地規劃的遂人上奏，如果講究形式的話，應該由整合地官長和六官的冢宰上奏。

「對，這的確不是微臣的工作，但雁國即將進入雨季，如果不做好治水工作，您剛才喜見的綠色農地都會被水淹沒，必須立刻做出裁示，但主上目前人在何方？」

「不知道啊。」

「況且，不是別人，正是主上要求微臣在今天這個時間進宮稟報。主上應為眾官的典範，但身負重責大任的主上竟然言而無信。」

「他就是這種人啦，他真的亂來。」

「主上身為一國之棟梁，棟梁不穩，國家也無法安定。不參加朝議，該處理政務的時候又不知去向，難道主上認為這樣就可治理國家嗎？」

六太抬眼看著朱衡。

「這些話，你應該直接對尚隆說。」

朱衡再度抖著柳眉，把奏章用力拍向桌子。

「——台輔，您本月參加了幾次朝議？」

「呃……」

六太看著手指，掐指計算。

「今天和上次，還有……」

「容微臣稟報，總共是四次。」

「你知道得真清楚。」

朝士的官位不高，所以並不參加朝議，六太驚訝地抬頭看著他，發現朱衡露出柔和的笑容。

「因為王宮的眾官都在嘆氣——您知道原本每天都要召開朝議嗎？」

「但——」

「但主上決定三天召開一次，以三天一次計算，每月有十次。如今已近月底，為什麼台輔只出席了四次朝議？」

「呃……」

「主上更是只臨朝一次！主上和台輔都把國政當什麼了？」

咚。一聲巨大的聲響，露臺上的椅子倒了。六太抬頭一看，遂人帷湍不知道什麼時候站在那裡。帷湍的額頭也暴著青筋，肩膀發抖。

「這對主從為什麼不能乖乖地留在王宮！」

「帷湍，你什麼時候來的？」

六太露出親切的笑容，但帷湍回以冰冷的視線。

「真是的，這兩個輕佻的傢伙竟然可以治理雁國，真讓人想不透！」

「大夫，大夫。」

朱衡苦笑著勸說道，但帷湍已經轉身準備離開。

「大夫，你要去哪裡？」

「——去把他抓回來。」

六太目送著帷湍大步離去的身影，忍不住嘆著氣。

「他還真暴躁……」

帷湍的別字叫豬突，豬突這個名字也非師出無名。

「很不巧，」朱衡笑著看向六太，「我雖不如帷湍，但脾氣也很暴躁。」

「喔，是喔？」

「因為主上不臨朝，所以無法裁示奏章，帷湍上奏後，主上說擇日再議，指定了今天這個時間，但微臣等了半天也不見主上，照理說，這種時候該由您輔佐聽奏，沒想到就連您也心不在焉。」

「呃……」

「若再度發生這種情況，微臣也做好了心理準備。雖然兩位貴為主上和台輔，但微臣絕不寬貸。」

「啊哈哈哈……」

六太無力地笑了起來，向他鞠躬道歉：

「我錯了，我會反省。」

朱衡笑了笑。

「喜見台輔願意大人大量，接納微臣的逆耳忠言，但您真的瞭解了嗎？」

「真的瞭解了。」

「這，」朱衡從懷裡拿出書卷遞給六太。「這是太綱中的天之卷，第一卷中寫了天子和台輔之道，您缺席了多少次朝議，就抄寫幾遍，以證明您的反省態度。」

「朱衡。」

「明天之前，要抄寫六份第一卷的內容。您該不會說您不願意吧？」

「如果我把時間花在抄寫上，不是會影響政務嗎？」

他抬眼看著朱衡的臉上掛著無可挑剔的笑容。

「事到如今，相差一天也不會有大礙。」

3

剛離開內宮的朱衡迎著風，走在王宮的路上。

雁國在四州國中位於東北，氣候寒冷。冬天受來自東北的乾燥季風影響，十分寒冷，夏天有來自黑海的冷風。目前正值夏末秋初的季節，來自黑海的風一天比一天弱，被太陽溫暖的大地，也溫暖了空氣。這裡的夏季涼爽無雨，不適合植物生長，但秋天很長，有很長一段輕風吹拂的溫暖日子，等到東北季節一吹，就突然變冷了。

王宮位在雲海上方，所以並不受下界氣候的影響，只是現在這裡吹的風應該和下界沒有太大差別。目前雁國即將進入秋季，秋末會有一個月左右的雨季。雨季結束後，乾冷得令人發抖的寒流就會從戴國方向逼近。

「漉水喔……希望來得及……」

朱衡看向雲海的西方，雨季來臨之前，是否能夠完成漉水的治水工程？

漉水是從關弓所在的靖州流向黑海沿岸元州的大河，元州以平原為主，靠每逢雨季便氾濫的漉水灌溉，形成了一片肥沃的平原。面向黑海的沿岸一帶在梟王摧毀堤防後已無法居住，但懷抱夙願，回到家鄉的國民開始在此開墾，聽說已經形成了不少里和廬。目前還沒有時間整頓先王任命的州侯，只能先剝奪他們的實權。

他輕輕嘆了一口氣往前走，剛好看到帷湍沿著石階走上來。

「——情況如何？」
朱衡笑著問，帷湍露出嚴厲的眼神抬起頭。
「我拎著他的脖子回來了，正在內宮更衣。」
既然這樣，照理說可以一起由禁門前往內宮，在那裡稟報，但帷湍似乎特地經過正門走來這裡。只有一道門可以直接出入浮在雲海上的玄英宮，稱為禁門，麓關弓的登山道上的五門稱為正門。只有王和宰輔可以走禁門，王賜予帷湍可以出入禁門的特權，但他在這方面特別中規中矩。
「那我跟你一起回去，我也有話要說。」
「你要好好說他，你知道我在哪裡找到他嗎？」
「哪裡？」
「在關弓的妓樓賭博，結果輸光了所有錢，連坐騎也被拿去抵債，想回來也回不來，正拿著掃帚要打掃庭院，我把他抓回來了。」
朱衡放聲大笑起來。
「不愧是尚隆主上，所以你幫他還清了債務嗎？」
「總不能倒債吧，但怎麼會叫他在那裡掃地還債呢？我也不能老實告訴妓樓的人，他是王，請他們高抬貴手。如果他們知道他是自己國家的王，會失望得放聲大哭。」
「——應該會。」

雁國之前極度荒廢，幾乎形同滅亡，國民悲壯地期待新王踐祚，如果得知他們的願望竟然是如此結果，絕對有人會痛哭流涕。

「他也未免太懶散了。」

也許除了他以外，沒有第二個人敢這麼罵君王。朱衡忍不住苦笑起來。

帷湍原本是負責管理人民，整備納稅帳冊的田獵，但在革命時被拔擢為遂人，君王親自賜予「豬突」別名，賜予他各種特權。帷湍可以出入王的寢宮，可以使用禁門，也可以騎著坐騎進入內宮深處，在王的面前不必磕首——但並沒有賜予他咒罵君王的特權。

「正因為他這麼不拘小節，所以你的腦袋還在肩膀上啊。」

新王登基後，玄英宮的眾官紛紛進宮謁見，向新王表達祝賀。在這個令人引以為傲的典禮上，帷湍抓起戶籍登記冊，丟在新王的腳下。

帷湍聽到朱衡的話，露出不悅的神情說：

「……陳年往事就別提了。」

——天帝開天闢地，建十二國，擇才坐上王位成為王，麒麟循天帝之意進行挑選。

各國都有一麒麟，麒麟是妖力強大的神獸，循天意選王。麒麟誕生於位在世界中央五山東岳的蓬山，自認為王者登上蓬山面見麒麟，上山面見麒麟諮諏天意的行為稱為昇山。

——為什麼？

帷湍把戶籍登記冊丟在放龍椅的臺上。

「為什麼花了十四年才登基？麒麟六歲就可以選王，你拖拖拉拉，遲遲不昇山，所以浪費了八年的歲月。這是闢弓在那八年的戶籍資料，你自己看一看，八年期間，到底死了多少人！」

新王登基的喜慶場面頓時變得鴉雀無聲。

帷湍看著龍椅上的新王，新王的臉上露出好奇的表情，看了看丟在臺上的戶籍登記冊，又看了看帷湍。

帷湍此舉或許只是遷怒於新王，但他希望新王知道雁國所處的困境。雁國的荒廢程度令人難以置信，雖然龍椅所在的王宮光芒四射，但下界的死亡和荒廢不斷蔓延。每個國民都抱著一線希望，只要新王踐祚，一切就會好轉，只是帷湍無法相信，只要新王踐祚，就可以使國家走向復興之路。

帷湍做好了被新王斥責：「大膽無禮！」進而賜死的心理準備，但他並不是想送死。他在梟王的暴政下謹守「不背叛王，也不悖離正道，不招致王的不悅，卻也不能違背自己良心」的原則，帶著如履薄冰的心情活了下來。

雖然眾官皆稱，只要新王踐祚，一切否極泰來，但王無法消除已經發生的事，死去的生命也無法復活。他痛恨眾官忘記這一切，歡天喜地迎接新王，也痛恨因為登基而得意忘形的新王。

即使自己因此人頭落地，新王也不會忘記在這個喜慶場合所發生的掃興事，眾官看到新王甫登基就處死下臣，就會回想起梟王的殘虐，稍微收斂喜悅的心情。如果可以在這些莫名其妙地頻頻道賀的傢伙內心丟下一顆不悅的石頭，那就正合他的意。

帷湍看著新王，新王也看著帷湍，有好一陣子，現場的空氣凝結了。在場所有的人都嚇得不敢動彈，新王最先打破了僵局。他笑了一聲，起身撿起了戶籍登記冊，輕輕拍了拍灰塵後，對帷湍笑了笑說：

「我會看。」

帷湍目瞪口呆，看著眼前的男人良久。護衛的小臣立刻把他拉走，被當時的地官長大司徒剝奪了官位。他乖乖回家閉關，靜候處分。他不想逃，而且士兵守在門前，他想逃也逃不了。

他主動閉關了五天，敕使攜敕命上門。允准他復職，並官拜遂人。帷湍驚訝地進宮磕謝，新王笑著說：「真是個豬突猛進的傢伙。」之後就賜予他「豬突」的別名至今。

「——雖然我當時只是剛獲賜官位的小官，聽到那個傳聞時，發自內心地想要親眼目睹一下。」

朱衡覺得很好笑，獨自笑個不停，帷湍一臉悵然。雖然在別人眼中是有趣的傳聞，但帷湍覺得一點都不好笑，因為他當時做好了被砍頭的準備。
起初帷湍也尊敬新王，從來不抱怨，只不過好景不長，新王實在無法讓人敬佩，因為他常賭博，輸得身無分文，也不專心處理政務，當然不可能對他唯命是聽。
「想當初，我還為他是如此寬大為懷的主上深受感動，真是太痛恨當年自己有眼無珠了。他並不是寬大為懷，而是懶散。」
「帷湍大人，你是不是該謹言一點，你要瞭解自己的身分，注意應有的禮儀，才不會惹禍上身。」
「——你有什麼資格說我啊？」
帷湍看著朱衡。朱衡原本是春官之一，是內史的下官，在新王巡視內史府時，朱衡對新王說。
——微臣已為主上備妥謚號，分別是興王和滅王，主上會成為振興雁國的王，還是毀滅雁國的王？不知主上喜歡哪一個號？
帷湍提起這件事，朱衡輕輕笑了起來。
「我只是模仿你啊，因為這一套似乎有利於升官。」
「別扯到我身上？那是新王登基的第三天，那時候我還在家中閉關呢。」
「是這樣嗎？啊呀，年紀大了，記性越來越差了。」
「我說你啊——」帷湍瞪著一臉若無其事的朱衡。雖然他們都很年輕，但那只是外表而已，他們的實際年齡已經可以言老了。

「結果我當上了朝士，主上真是寬宏大量啊。」
——兩個我都不喜歡。
當時，新王這麼回答。
朱衡大膽無謀的動機和帷湍的動機沒有太大的差別，朱衡當時也做好了被賜死的心理準備。朱衡原本並非國官，而是身為國官的內史自己雇用的府吏，直接對王說話就該被問罪。新王會暴跳如雷，當場賜死，還是……
朱衡靜觀事態發展，新王皺起了眉頭。
「兩者都不要，被取這種平庸的名字會讓我羞愧不已。」
「啊？」
朱衡驚訝地問，新王目不轉睛地看著他說：
「這種程度的文才就能當史官嗎？拜託你想一個瀟灑一點的名字。」
「呃……喔，好啊。」
「你是不是不適合當史官？」
「也許吧。」朱衡羞愧地說。不久之後，敕使上門，朱衡以為最好的處置，就是解除他的職務，免他於死，沒想到反而升他為內史的中級官御史，不久之後，又被任命為秋官朝士。
「——你我也算是王的近臣，搞不好他只是喜歡直言不諱的人。」

聽到帷湍這麼說，朱衡笑了起來。

「搞不好真是這樣。」

朱衡很快收起笑容，因為他聽到了腳步聲。

迎面走來的是冢宰和他的府吏，朱衡和帷湍根據禮法為他們讓路，微微鞠躬讓冢宰他們經過，頭頂上傳來說話聲。

「咦，這條路不是通往內殿的嗎？」

一名府吏對朱衡和帷湍說。

「你們在這裡幹什麼，該不會迷路了？」

朱衡和帷湍都沒有回答，能夠進入內殿的官有限，以他們的官位，原來不得進入內殿，雖然王賜予他們特權，但那是破例的待遇，很多人嫉妒這種特殊待遇而諷刺挖苦，朱衡和帷湍都早就習慣了。

「你們要去內殿嗎？」

「是。」帷湍簡短回答，冢宰和其他人故意大聲地嘆著氣說：

「真是夠了，看來主上又無心處理政務了。」

「接下來是主上最愛的遊戲時間。」

「萬一打擾了主上的興致就要挨罵了，真不知道什麼時候才能專心處理政務。」

「還不是因為有些下人教唆慫恿。」

他們嘲笑著，經過低著頭的朱衡和帷湍面前，打算回去東側的府邸。等到腳步聲遠去後，帷湍才抬起頭，看著建築物之間的石板，低聲咒罵著。

「……誰是下人啊？這些從梟王手上買官位的奸臣！」

朱衡苦笑起來。奸臣的說法並無不當。在梟王失道，無心處理政務後，這些官吏專橫跋扈。有人花錢買官位，然後從國庫中加倍竊取，為了博取梟王的歡心，不僅不阻止他的殘暴，反而搧風點火，讓國土越發荒廢。

「那些人只有諷刺挖苦的能耐，不必理他們。」

「他們以為主上是受到我們的唆使，所以鎮日玩樂！他這麼放蕩不羈，連我們也被說得一文不值。」

帷湍咬牙切齒地說，朱衡再度苦笑著。

「那也是無可奈何的事。」

帷湍是遂人，以官位來說，只是中大夫。冢宰是侯，看到比自己低四個等下的遂人獲得各種特權，身為冢宰的自己要謁見王時，卻得一一請示，他心裡當然很不是滋味。至於朱衡的官位比帷湍更小，只是下大夫而已。

「怎麼可以說無可奈何，一定要想辦法對付那個腦袋不清楚的傢伙！」

「你對我說，我也沒辦法啊。」

「都是成笙的錯，既然隨侍在王的身邊，只要抓住他的脖子，讓他坐在龍椅上就解決了！」

朱衡只能很受不了地看著帷湍破口大罵王身邊的護衛。

「值得這麼生氣嗎？」

「難道你不生氣嗎？這些人說我們是慫恿主上玩樂的賊臣！甚至有人說龍陽之寵這種難聽話！」

「那真是辛苦你了。」

「王八蛋！別人是說你。」

朱衡笑了笑，接著壓低嗓門說：

「那些尖酸刻薄的人想說什麼，就讓他們去說吧，主上已經在考慮整頓眾官了。」

帷湍停下已經走上石階的腳步。

「終於嗎？」

「內政已經趨於安定，決定了發展的方向，道路修好了，只要讓車輛上軌道就好。之前無暇整頓，現在終於可以更換諸侯眾官了。」

當初梟王任命了州侯和眾官，新王踐祚時，照理說可以罷黜所有官吏，重新錄用新官，但當時新王不願意在這件事上耗費時間，所以就讓那些州侯繼續留任，只限制了州侯的實權，各州都派牧伯前往監督。至於那些官吏，新王只對身邊的官吏嚴格挑選，但不可能讓那些曾經在梟王手下靠奉承諂媚享受安逸，虐待百姓的傢伙一直保留官位。

「朝廷恐怕會有一場大風波，那些以為自己不會遭到罷黜的傢伙會驚慌失措，必定會在暗中動作頻頻，不知道會在什麼地方遭人暗算，所以暫時就別抱怨了。」

「……二十年了，竟然可以撐那麼久，那些傢伙應該多少有點收斂吧。」

「沒這回事，只是那些人即使想要動國庫的腦筋，國庫也無錢可貪了，但最近有許多官吏又開始蠢蠢欲動。」

「躲在泥土冬眠的傢伙看到冬天終於結束了，所以開始採取行動。」

帷湍看著附近的建築物說：

「漫長的冬天……」

新王在雁國國民的期待下登基當時，玄英宮還是金碧輝煌的宮城，如今，這座宮城完全沒有任何華麗景象，甚至有人稱之為幽玄的宮城。新王把所有裝飾、金銀和寶玉——以及龍椅上的寶石——統統都拆下來變賣求現。雁國已經窮困到這種程度，建築物的數量也少了將近一半。新王拆除這些建築物，將木材和石材全都賣了，只有連綿向關弓山峰的黑色屋頂依然如初。

王宮是天帝賜予初代的王的，歷代的王有所顧忌，只會增修王宮，卻從來無人敢拆除。王宮象徵了王朝歷史，看到新王除了拆下宮內的裝飾，甚至將建築物拆除後變賣，官吏當然無不驚慌失措。

隨著新王一聲令下，暫時放過了在梟王手下侵吞國庫財富，中飽私囊的傢伙。雖然可以罷黜諸侯眾官的職務，沒收他們的私財，但新王並沒有這麼做，因為那時候根本無暇處理這種事，必須先整治國土，讓荒廢的國土可以種糧收成。

農田已經變成焦土，花了二十年的時間，才終於能夠讓農民在辛勤耕種後，得到滿足溫飽的收成。在這段期間，靠變賣王宮物品給他國，把國庫中所有物品，以及士兵的小刀都變賣，才勉強得以讓國民維生。

——只要當作寄放在那些人家裡就好，他們熱中累積財富，所以不會有太多損失，只把揮霍浪費的人抓起來就好。等到時機成熟，再讓他們全都吐出來。

王曾經這麼說，如今，這個時機終於到來了。

「雖然他懶散，但並不笨啊。」

4

這位能力很強卻放蕩不羈的雁國國君，正在內宮深處的寢宮內被四個人輪流教訓。

「……你們說的我都明白。」

尚隆輪流看著周圍的四個人，帷湍悵然地瞪著他。

「只是明白而已嗎？」

「我也反省了。」

「這是我第一次受到這份奇恥大辱，這份仇恨令我沒齒難忘。」

「言之有理，言之有理。」

有人在帷湍背後得意地插嘴說道，但帷湍沒有理會那個人。

「真是的。」朱衡嘆著氣。「不知主上如何認識自己的立場？主上身為一國之帆，要如何統率眾官？身為典範的主上竟然如此，微臣無顏面對國民。」

「就是啊，就是啊。」

向來面無表情，沉默寡言的男人說道。

「真是讓人驚訝得連嘴巴都合不攏了，為這種愚王效命的自己真是太沒出息了。」

「醉狂，連你也要數落我？」

這個男人字醉狂，別名成笙。年輕的他身材瘦小，有一身褐色皮膚，是掌管軍事的司馬官，是主要擔任負責戒護新王安全的小臣之長，亦即大僕。梟王提拔他成為禁軍將軍，他足智多謀，武功高強，無人能出其右。雖因向梟王諫言遭到逮捕，但就連昏君梟王都不忍殺他，將他監禁。梟王駕崩後，眾官想要將他放出石牢，但他堅持既然是王判他入獄，如未得到王的赦免，就不離開。在獲得新王赦免之前，他在沒有上鎖的石牢中坐了將近五十年，是一個剛毅的鐵漢。

「……請不要隨便為我取名字。」

「你不喜歡嗎？」

「當然啊。」

成笙一臉不悅，帷湍露出憤恨的眼神說：

「你的還算好，他幫我取的那叫什麼名字？竟然叫我豬突。」

由王親自賜字固然是莫大的榮譽，但如果是豬突、醉狂或是無謀這種名字，被賜名字的人當然不可能心存感激。而且，尚隆為麒麟——宰輔六太所取的名字是馬鹿。尚隆說，因為麒麟是介於馬和鹿之間，所以這個名字很不錯吧。然後自得其樂，別人當然不可能接受。

「真是的。」帷湍滿臉愁容。

「輕佻膚淺就是說這種人。」

「就是啊！就是啊！」

這時，三個人一起回頭看向背後說：

「台輔也同罪！」

「我又沒賭博。」

在一旁起鬨的六太看到他們冷漠的視線，忍不住縮起腦袋。

「那是否可以請教一下，您沒有參加朝議時，都去了哪裡呢？」

朱衡問道，六太露出諂媚的笑容：

「——視察，我在視察國家復興到何種程度。」

「願聞其詳。」

「呃……」

「活該，誰叫你背叛主子。」

聽到尚隆的嘀咕，六太看著他。

「還不是因為你到處去玩，害我也挨罵，開什麼玩笑嘛。」
「你自己不也偷懶嗎？」
「比你好多了！」
「你聽過五十步笑百步嗎？」
「雖然兩者聽起來很像，但也足足差了五十步的意思？」
咚。朱衡用力拍著桌子。
「請問兩位是否可以認真談事情？」
「好。」尚隆舉起了手。
「我反省了，我不再疏於政務。這樣總可以了吧？」
「您是出於真心嗎？」
「西方有煙硝味，接下來這一陣子我會乖乖把龍椅坐暖和的。」
四個人同時看著尚隆。
「西方？」
尚隆笑了笑。
「是元州，已經有動靜了。」
帷湍看向背後。帷湍等人聚集時，一定會支開閒雜人等，但他再度確認四下無人。
「……這是？」

「我在街上打聽到的消息。元州最近出手很闊綽，元州師的士兵每個月都會去妓樓幾次花大錢，每次來的時候都空著手，回去時都帶了一大堆行李。」
「他們在關弓買了什麼嗎？」
「如果是糧食倒是沒問題，萬一是武器呢？」
「但是，」朱衡偏著頭說：「我不認為他們能夠張羅到足以謀反的武器，一旦在街上四處買武器，風聲一定很快就傳開了。」
尚隆笑著看向成笙說：
「王師的武器倉庫在關弓吧？」
成笙瞇起眼睛，會不會是管理武器倉庫的官吏盜賣武器？梟王四處蒐集後，放在武器倉庫內的武器數量非比尋常。之前曾靠賣這些武器填補國庫，但因為市面上有大量武器，導致價格暴跌，所以目前武器倉庫內仍然有堆積如山的武器。
「但是，元州侯……」
聽到朱衡說話，帷湍點了點頭。
「聽說他怕觸怒梟王，在梟王駕崩後，又害怕百姓的報復，現在又擔心遭到主上罷黜，所以躲在內宮深處不出門，鎮日惴惴不安。」
「……所謂狗急也會跳牆，越是愛鑽牛角尖的人越可怕。而且，元州不是有一個聰明能幹的令尹嗎？他是元州侯的兒子——我記得叫斡由。」
帷湍眨了眨眼睛。

「你知道得真清楚啊。」
「我從街上打聽到的，可不要小看街頭巷尾的消息。」
「原來如此……」
帷湍露出佩服的表情，朱衡瞥了他一眼，輕咳了一聲。
「主上，恕微臣冒犯。」
「怎麼了？」
「您貴為一國之君，不必特地深入草民之間，做這種像間諜一樣的事！」
尚隆一臉受不了的表情看著天花板笑了起來，六太站起身。
「——六太，怎麼了？」
六太走出房間時回過頭說：
「你們準備聊不適合我聽的話題，我迴避一下。」

第二章

十二國記

1

六太來到露臺上，讓王和帷湍等人繼續討論。太陽已經下山，雲海變得灰暗，一輪玄月正漸漸從東方升起。

「……腥風血雨……」

恐怕會打仗。諸侯和眾官中有不少心術不正的人，至今沒有發生內亂反而令人難以置信。

六太走在庭院，讓風帶走他內心對腥風血雨的預感。因為他生性厭惡戰爭和流血，所以心情很沮喪。

——交給我吧。

雖然尚隆曾經這麼說，但他還是討厭戰爭，會有無數士兵死亡，也會讓無辜百姓送命。

來到一座小宮殿旁，六太推開了門。門打開了，發出輕微的擠壓聲。雖然有崗哨站，崗哨站內卻不見人影。照理說應該有人值夜班，但因為梟王殺了太多人，所以王宮內人手不足，再加上沒有任用新官，所以王宮內很冷清。

穿越前院，來到後方的堂屋，那裡有一個小院子。院子裡的白沙中有一棵白銀色的樹，樹枝低垂，樹枝的顏色彷彿是用白銀做的。

——人都是從這棵樹上長出來的。

想要孩子的夫婦來這棵樹前祈願。如果上天接受他們的祈願，樹枝上就會結出名為卵果的果實，小孩子就在卵果中。卵果需要十個月的時間孵化，但有些卵果在孵化前就漂流他處。

六太就是如此，尚隆也一樣。他們被一場災變吞噬——這種現象稱為蝕——在原本屬於兩個不同世界交會時，漂流到那個世界。漂流的卵果在異界進入女人腹中，被和父母相像的肉體軀殼包覆，從母胎中誕生。用這種方式出生的孩子稱為胎果。

六太就是如此，漂流到大海彼岸的異界蓬萊的首都，他有父親和母親，祖父母和兄姊，從來沒有想過自己原本是不應該出現在那裡的孩子。

六太年幼時，家中的房子燒毀。當他連滾帶爬地逃出家門時，發現整個都城都化為一片火海。他花了一整夜才逃離熊熊大火，一個姊姊和祖父母葬身火窟。

為了逃避戰火，他們一家住在都城的西郊，但家中沒有積蓄，父親無法在戰亂中謀職，一個哥哥死了，最小的姊姊也死了，六太被丟棄在山上。一家人為了苟活，只能出此下策。

當他在那座山上又飢又渴，生命垂危時，這個世界的使者前去營救。六太終於活了下來。因為六太是另一種生物，才會有使者營救——他是麒麟。

如果六太不是麒麟，就會死在那片山野。應該有很多小孩子都這樣死了，在那個時代、那個地方，丟棄小孩並不是罕見的事。

——折山的荒廢。

戰火使人不幸。大地終於找回綠色的國家，將再度發生戰亂。想到這裡，他痛苦得快要窒息了。

荒廢的山野、血流成河、失去親人，還有因為生活窮困而死的小孩。尚隆在登基前，說想要看看國土。站在山丘上俯瞰的大地上一無所有，至今才短短二十年。那時候的小孩子是否已經成為父母，君王、麒麟和為君王服務的眾官都是沒有壽命的生物，往往會忘了時間的存在，但下界經過了這些歲月。

那些被丟棄在山野的小孩子目前不知身在何處，也許他們會再度承受曾經深受折磨的不幸。

六太仰望天空，來到上空的月亮宛如被銳利的爪子抓破的傷痕。

「更夜——」

父母曾經在深夜討論丟棄孩子，六太醒來，聽到了他們的談話。除了六太，還有另一個孩子也在深夜醒來。那是在這個國度發生的事。

六太遇見了他，然後又和他分道揚鑣。

——那是十八年前，發生在元州的事。

2

六太跨坐在悧角的背上。悧角是六太的侍從，受六太支配的妖魔——使令。只有麒麟可以支配妖魔。但是……

六太坐在如疾風般穿梭在天空中的悧角背上，在元州沿岸徘徊，有人和他擦身而過。正確地說，是和一個騎在妖魔身上的小孩擦身而過。

他來不及感到驚訝。巨大的狼有著翅膀和尖嘴，應該是名叫天犬的妖魔。天犬的背上也有一個小孩，以宛如疾風的速度一閃而過。正是剎那間的邂逅。

「回去。去追！」

六太立刻命令使令。

「台輔，那是妖魔。」

聽到悧角的警告，六太點了點頭。

「我知道，所以要回去追。如果是麒麟的使令也就罷了，為什麼妖魔願意讓人坐在身上，太荒唐了。」

他在海上尋找，終於找到了騎在紅毛妖魔身上的孩子。那個孩子看到六太追了上來，害怕地縮成一團，當妖魔殺氣騰騰地發出奇怪的叫聲時，孩子從背後抱住妖魔的脖子，制止了牠。

「——不、不行。」

男孩的年紀比六太稍小，有著一頭略帶青色的黑髮，臉色蒼白，個子矮小。麒麟的頭髮是金色，就像六太一樣。這是麒麟鬣毛的顏色。

「喂。」六太叫了一聲，男孩抖了一下。六太得知對方感到害怕，於是露出極度親切的笑容。

「你是誰？」

男孩一臉蒼白，搖了搖頭。海上的冷風吹來，男孩身上裹著幾塊襤褸。

「我是六太，沒想到會在這裡遇到你。我第一次在天空中遇到別人。」

「嗯。」男孩輕輕點了點頭，是否代表他也是第一次在天空中遇到人？

「你要去哪裡嗎？急著趕路嗎？」

男孩只用搖頭回答，六太露齒而笑。

「我正打算找個地方吃午餐，你要不要和我一起吃？」

男孩驚訝地張大眼睛。

「……一起？」

六太笑著點了點頭，指了指下方的海灘。他想要伸出手，但臨時改變了主意。如果太冒失，可能會把男孩嚇跑。

「不想嗎？」

六太問。男孩想要看妖魔的臉，他偏著頭，看了妖魔後，輕輕點了點頭。

「……好啊。」

「牠是妖魔吧？」

降落在海灘後，六太拿出水果和麻糬時問男孩。他從來沒有聽說任何人能夠馴服妖魔，只聽說那是不可能的事。

男孩偏著頭反問。

「是嗎？」

男孩的回答讓六太大驚失色。

「除了妖魔和妖獸以外，還有其他可以在天上飛的嗎？你怎麼馴服牠的？」

「不知道。」

「不知道？你真是的。」

六太很受不了地嘀咕了一聲，放鬆了肩膀的力量。

「……我太驚訝了。」

「是嗎？」

「嗯。」

他們坐在海邊聊天。眼前是黑海，圍繞世界中央的金剛山的山峰像障壁般擋在前方。

男孩說，他在深夜醒來，翌日被丟到山上。

「——是嗎？」
六太點了點頭，忍不住為這場難以置信的邂逅嘆息。在異世界的兩個人，都因為戰亂被窮困的父母丟棄，然後在此相遇。
「應該是住在里的那些人叫你父母把你丟棄……你吃了不少苦吧。」
「是嗎？」
「你叫什麼名字？」
「不知道。」
男孩說，以前可能有過名字，但他不記得了。
「你最後流落到妖魔的巢穴？」
「不是我流落去那裡，好像是大個把我帶回去的。」
「大個？」
「就是牠。」男孩回頭看著身後的妖魔。妖魔溫和地看著男孩。
「大個會把食物帶回巢穴，我猜想牠也是這樣把我帶回去的。」
「牠打算把你當食物嗎？但牠最後把你養大了。」
「對。」男孩點了點頭。太令人驚訝了，簡直是前所未聞。妖魔竟然會養育人類的孩子。
「有這種事嗎？」
六太看著在背後露出警戒眼神注視妖魔的悧角，悧角沒有回答。即使成為使令，妖魔也不會談論自己的事，無論再怎麼命令牠們，牠們都不會透露任何有關自己種族的事。妖魔原本就是和其他種族有巨大隔閡的生物。

六太不再追問，轉頭看向男孩。

「不過太好了，你還活著。之後你一直住在巢穴中嗎？」

「有時候會出來吃東西。」

「大個不會吃人嗎？」

六太問，但他已經知道答案了。妖魔雖然和他們之間有一段距離，但他聞到了濃烈的血腥味。那是人血的味道。

「……吃啊，不然牠會肚子餓啊。」

六太輕咳了一下。

「……你也吃嗎？」

男孩用力垂下頭。

「我不吃，不吃人，也不吃野獸……雖然我也這麼告訴大個，但牠不聽。因為……」

男孩露出求助的眼神看著六太。

「因為一旦攻擊人和野獸，大家都會害怕，所以那些人總是追著大個，追上之後，就會傷害牠。有些人一見到牠就拚命地逃。」

「我想也是。」六太點了點頭，擠出笑容後，撫摸著男孩。

「你很了不起，不能吃人，也不要去攻擊人。」
「嗯。六太，你是從哪裡來的？大海的這一邊嗎？」
「對。」六太點了點頭，男孩探出身體問：
「那你知不知道蓬萊？」
「啊？」六太看著男孩的臉，「蓬萊？」
「聽說大海的遙遠東方有一個叫蓬萊的國家，那裡沒有人打架，也不會有人傷害別人。我爸爸就在那裡，可能我媽媽也在那裡吧，所以我一直在找……」
男孩說到這裡，流下了眼淚。六太難過地看著他。
他的父親應該死了，但他母親不忍心告訴他真相，只說去了蓬萊。這種事很常見，母親不得不丟棄孩子，被丟棄的孩子至今仍然相信母親的話，不斷尋找夢幻國度。
「聽我說……往蓬萊的那個海不是這裡……」
男孩聽到六太這麼說，瞪大了眼睛。
「不是嗎？不是大海的東方嗎？這裡不是東方嗎？」
「這個海叫做黑海，蓬萊所在的那個是更東方的海——叫做虛海。但是，虛海的東方很遠很遠，你騎著大個沒辦法去那裡，因為真的很遠。」
從這裡無法去蓬萊，只有神仙或妖魔可以渡過虛海，人類無法前往，只有卵果才能去。

「是……喔……」

男孩垂頭喪氣，他應該一直在尋找蓬萊，尋找父母的下落。因為聽說是在大海的東方，所以一直在黑海沿岸尋找。但是——妖魔是威脅。一旦靠近城市，不難想像人們會如何對待妖魔。雖然是因為妖魔會攻擊人類，但這個孩子相信，養育他長大的妖魔只要不攻擊人，人類就會接受牠。

「……對不起。」

雖然不是六太的錯，但垂頭喪氣的男孩臉上的表情太失望了，他忍不住向他道歉。

男孩連續嘆了幾次氣，小聲地叫了聲：「過來吧。」原本在附近岩石上棲息的妖魔跳了起來，來到男孩身旁。男孩把臉貼在牠沾到人血的毛上。

啊！六太這時才驚覺，男孩並不太會說話。回想起來，男孩剛才沒有說話，有一大半只是發出嗚叫聲。麒麟和神仙都有能力瞭解妖魔和妖獸的意思，所以聽起來好像是男孩在說話。

妖魔用尖嘴撫摸著男孩的脖子。男孩輕聲叫著。雖然聽起來不像在說話，但六太知道他在對妖魔說：「即使這樣，還是要回去。」男孩抬起頭，無精打采地站了起來。

「……要回去了。」

「你還會再來嗎？」

「……不知道。既然沒有蓬萊，來了也沒用……」

六太無言以對。

「如果去城市，有很多大人，會傷害大個……」

「……是啊。」

那些人並不只是傷害妖魔，男孩襤褸的衣襬下露出的雙腿上，有好幾道看起來像是箭射中的傷痕。

「你不想在城市生活嗎？」

男孩轉過頭。

「……大個也一起嗎？」

「嗯，大個恐怕不行……」

「那就、算了……」

「是喔。」六太點了點頭。

「如果你改變心意，願意和大個分開，在城市生活，記得來關弓找我。」

「關弓。」男孩在嘴裡重複了一次。

「來找我──啊，但是你沒名字。」

「嗯。」

「你取個名字吧。」

「我不知道取什麼。」

「那我幫你取。」

聽到六太這麼說，男孩露出興奮的表情。
「——嗯。」
六太思考起來。他偏著頭想了半天，終於拍了拍手，在沙灘上寫了字。
——更夜。
「你覺得更夜怎麼樣？」
「什麼意思？」
「就是深夜的意思。」
男孩接受了這個名字。
「嗯。」
他興奮地叫了「更夜」這個名字好幾次。
應該不會再見了。雖然六太這麼想，但還是對離去的更夜揮手。
「更夜，如果你遇到困難，記得來關弓，我在玄英宮工作，只要說找六太，別人就知道了。」
「嗯。」騎在妖魔身上的孩子在遠處點了點頭。
「一定要來喔，更夜！」

3

六太回到宮中，帷湍等人已經離開了，只有尚隆坐在桌前。

「血腥的事說完了嗎？」六太問。

「是啊。」尚隆低著頭回答。他在看什麼？六太好奇地探頭一看，發現尚隆面前放著紙張和太綱的天之卷。

「朱衡叫你抄的嗎？真搞不懂到底誰是主子。」

「就是啊。」

尚隆說完，抱著雙臂，陷入了沉思。攤開的紙上有看起來像是尚隆寫的豪放字體。

——太綱之一曰。以錢道治理天下。

「……喂，這位大叔，你在寫什麼啊！」

太綱的第一條，是赫赫有名的「以仁道治理天下」。

「你就別再惹朱衡生氣了，朱衡不像帷湍和成笙那麼單純又死腦筋，他很會記仇，他會懷恨在心，但面帶笑容地挖苦你一、兩百年。」

「沒關係啊，反正我無所謂，挖苦這種事，只要當事人覺得不痛不癢，挖苦的人就會覺得沒趣。」

「朱衡太可憐了。」
「我原本打算全都隨便亂改，但沒想到，亂改也不是件簡單的事。」
「……我有時候真心覺得你是一個徹頭徹尾的阿斗君王。」
「喔，有時候嗎？」
「嗯，因為平時只覺得你是智障。」
「你這傢伙！」尚隆一拳飛過來，六太巧妙地閃避開，跳上大桌子，背對著尚隆，盤腿坐在桌上。
「——會發生內亂嗎？」
「應該會吧。」
「……會有很多人喪生。」
尚隆竊聲笑了起來。
「反正國家就是靠榨取人民的血汗錢才得以成立，其實對人民來說，沒有國家反而更好，但有能力的官吏會運用巧妙的手腕，不讓人民瞭解這一點。」
「真是個蠢君王。」
「我只是實話實說，人民不需要君王也可以生存，是君王沒有人民就無法生存，君王靠掠奪人民辛苦耕作的收成維生，卻做著個別的人民無法做到的事。」
「……也許吧。」
「既然君王非得榨取人民，然後加以殺害，所以只能盡可能穩妥地、最小限度地榨取，也要將殺戮控制在最小限度，如果數量極少，就可以成為人民口中的賢君，但絕對不可能完全不榨取，完全不殺戮。」

六太沒有回答。

「……目前活下來的有五位諸侯，有三個州的諸侯被梟王殺害而留下空缺，掌握在州官手中，只有靖州侯願意聽命於我。」

說到這裡，他叫了六太一聲：

「請你吩咐靖州侯，借用一下州師。」

「那是你的軍隊，反正我不可能去統帥。」

首都所在的州屬於宰輔的管轄範圍，雁國的首都位在靖州。雖然宰輔有土地，有人民，也有軍隊，但王才是軍隊的實質統帥，宰輔的土地也在分割後，贈予眾官做為犒賞。

「……你這麼害怕戰爭嗎？」

尚隆問，六太把頭抬起後轉過頭，尚隆對他笑了笑。

「如果你害怕就躲起來，戰火不會燒到這裡。」

「不是你想的那樣。對人民來說，戰爭會帶來極大的危害，我只是因為這個原因而討厭，因為我是民意的具體體現。」

尚隆竊聲笑了起來。

「大家都說，麒麟是膽小的動物。」

「請說麒麟是慈悲為懷的動物。」

「如果因為不想殺戮，最後卻不得不殺一萬人，還不如現在殺一百個了斷這件事。」

六太轉過頭，用手指著尚隆說：

「不要跟我談這種事。」

「真不領情啊，虧我還嘴下留情，說只要殺一百就好。」

「所以你原本要說一百萬嗎？」

六太瞪著他，尚隆笑了起來。

「雁國哪來一百萬人民？」

六太從桌上跳了下來。

「你足以當滅王了。」

說完這句話，他準備離開，尚隆對著他的背影說：

「我不是對你說了，交給我就好嗎？」

六太轉過頭，尚隆仍然坐在桌前，寬闊的後背對著六太。

「如果你不喜歡，就閉上眼睛，捂住耳朵。因為這是不得不為的事。」

六太注視著他的背影良久，再度邁開步伐。

「我不知道，一切都交給你了。」

4

六太不敢造次，終於參加了朝議，乖乖坐在尚隆身後忍著呵欠，聽著六官上奏，好不容易結束，正想走出外殿時，有人叫住了他。

六太停下腳步，回頭一看，一名官吏跪在地上。

「恕微臣失禮，有人求見台輔。」

「見我？是哪個官吏嗎？」

「不是。」官吏回答：「有人前往國府，大膽直呼台輔的名字要求面會，說您在宮中工作。但宮中並無其他和台輔同名者，所以斗膽向您稟報。」

六太張大眼睛走向前。

「對方有沒有報上名字？」

「有，他說只要說更夜，您就知道了。」

難以置信。六太在內心自言自語。原本以為再也無法見到他了，甚至以為他早就不在世上了。

「我這就去——在國府嗎？」

「等在雉門。」

「我馬上就過去，絕對不可怠慢他，知道了嗎？」

「是。」官吏鞠躬後離開，六太急忙轉身往回走，尚隆停下腳步，納悶地看著他。

「太驚訝了，你在下界有朋友嗎？」

「我和你不一樣，有很多朋友。」

「朋友？」

「對，所以我要出門一下。」

「下午的政務呢？」

六太咳嗽了一下，站直了身體。

「不知道是災變的前兆，還是缺德的報應，下臣突然有恙，請容下臣告退。」

尚隆露出賊笑。

「那可不得了，要不要請黃醫？」

黃醫是麒麟的主治醫生。

「謝主隆恩，但所幸尚不嚴重，下臣回房休息去了——你就這樣跟他們說吧。」

「亦信！」站在尚隆身旁的成笙叫著一旁的小臣，「你也一起去。」

「成笙，沒關係，不是你想的那樣，真的是朋友。」

六太邊跑邊說，但成笙用眼神催促著亦信。亦信行了禮後，追上六太。

雉門位在關弓山的山麓，山頂上那一片是王的居宮、朝廷和高級官吏的官邸和府第所在的燕朝，中級官以下的官邸和府第稱為外朝，位在雲海下方的半山腰，繼續往山下走，就來到關弓山的山麓。那裡是國府，市民可以自由出入從宮城的入口皋門到國府深處的雉門，因此雉門也稱為中門。

六太衝下山，來到雉門外。凌雲山名副其實，是高聳入雲的山，但貫穿內部的通道施以咒術，所以實際走動的距離並不會太長，但因為宮城很大，而且必須脫掉禮服，所以還是花了不少時間。

六太上氣不接下氣地衝上雉門附屬的樓閣時，發現剛才的官吏確實按他的吩咐。讓賓客休息的屋內有一個人影，正端坐在椅子上俯視庭院。上一次見到更夜是十八年前，當時比六太還小的孩子應該已經成人，但那個人影看起來比較小，差不多像十五、六歲，一頭略帶青色的黑髮依舊。

「——更夜嗎？」

六太不安地在門口停下腳步問道，人影轉過頭，笑著站了起來。

「——六太。」

說完，他立刻跪在地上。

「因為我很想見您，所以就來了——台輔，好久不見。」

他深深地磕頭，似乎已經知道了六太的身分。

「已經十八年了，當時不知您是台輔，恕我失禮了。」

他衣著整齊，說話也不再是鳴叫聲。

「你、但是……」

六太無法把之前在元州見到的孩子和眼前的少年聯想在一起，有點不知所措。少年抬起頭，再度笑了笑。

「台輔，您可真會捉弄人，您當時應該告訴我，您是宰輔。之後聽別人說，既然是金髮，就一定是台輔時，我不知道有多驚訝。」

「喔——喔喔，也對。」

這個國家的人頭髮有各種不同的顏色，唯獨沒有金色，這是麒麟特有的髮色。

「承蒙台輔賜名——話說回來，即使當時您告訴我您的身分，我應該也無法理解。」

「你——現在還好嗎？」

「有一個好人救了我，也教我說話，目前在為他效勞，當個末官。」

「你加入仙籍了嗎？難怪不再長歲數……」

「是，」更夜笑了起來，「這次陪主子一起來關弓，想到這裡是關弓，就覺得無論如何都想見您一面，但如果我說要見台輔，一定會被打發走，所以說了您的名字。會不會太失禮了？」

「沒這回事！」

「太好了——原本還擔心您已經忘了我。」

「我沒忘——真的好久沒見了……」

「是啊。」更夜笑著說。

「你平身吧，跪著和我說話，感覺很奇怪。」
「謝台輔大恩。」
他行了禮後站起來，微微偏著頭。
「──既然之前是以六太的身分認識，以後也繼續維持這種關係？」
「嗯，就這麼辦。」
「……雖然我一直很想見你，但關弓對我來說，實在太遠了。」
更夜走到六太身旁，親切地低頭看著他，露出有點感傷的表情。
「是啊……對不起。」
「因為有牠在，所以不能去人多的地方，如果不問別人，就不知道關弓在哪裡。」
「牠？你是說大個？」
「嗯。」更夜點了點頭。
「大個還好嗎？」
「牠也來了啊。」
更夜說完，露出調皮的笑容，好像兩個人是共犯。
「我和大個一起當護衛官，就像他一樣。」
更夜說完，看著靜悄悄地站在六太背後的亦信。
「對不起，他們不讓我單獨行動。」
「那當然啊，因為你是大人物。」

「別說這些。」

更夜呵呵笑著，微微彎下身體，看著六太的臉。

「六太，你能出城嗎？」

「沒問題，我已經告假了。」

「那就可以去見大個了。」

「牠在附近嗎？」

「就在關弓外——別擔心，大個很聽我的話。」更夜說到這裡，壓低了嗓門，「而且牠也遵守了吩咐。」

吩咐？六太正感到納悶，突然想起來了。當時更夜叫牠不要吃人。

「大個嗎？太了不起了。」

六太很驚訝。妖魔把人類的孩子養育長大，而且遵守人類的吩咐——難以置信。

「走吧？六太，你曾經離開過關弓嗎？我只知道來時的路。」

六太點了點頭。

「交給我吧，我對關弓很熟，我帶路。」

5

關弓是雁國之都，但整個城市並不大，至少六太覺得蓬萊的首都比較大。

進入雉門內，六太用布把頭包了起來。如果不把頭髮包起來，會引起民眾的注意。不知道為什麼，任何染料都無法對麒麟的鬣髮發揮作用，所以他無法靠染髮改變髮色。

他身上換了普通的服裝，微服和更夜一起離開關弓，亦信亦步亦趨地跟在他們身後。

亦信原本是成笙手下軍隊的士兵，成笙入獄後，敬仰成笙的官兵紛紛要求退役，在成笙出獄之前足不出戶。大部分官兵的退役申請並未獲准，梟王下令其中幾成官兵繼續留任，雖然那些拒絕留任者慘遭殺害，但仍有不少人僥倖活了下來，目前在大僕成笙手下擔任護衛官。這些官兵景仰成笙，勤練武藝，成笙也很器重他們，護衛能力無懈可擊，六太根本不可能從亦信的眼皮底下溜走，和更夜兩人單獨行動，所以只能作罷。

亦信警覺地觀察左右，麒麟是一國唯一的神獸，當然不容許有任何閃失。民眾一旦發現麒麟，認為是當面陳情的大好機會，將會蜂擁而上。幸虧六太把頭髮包了起來，所以無人發現。

關弓在淩雲山下呈扇狀分開，周圍用城牆圍起，城牆上有十一道城門。當他們從其中一道城門出城後，發現前方是一片綠色的斜坡，不遠處有一片農地。至少在關弓周圍，已經形成了綠意豐富的田園風景。

「走這裡。」更夜笑著說，越過了一座小山丘。亦信試圖阻止六太，希望他不要出城。六太無視他的制止，執意跟著更夜前往。走進差不多一片二十年樹齡的樹林中，更夜發出「噢咿」的鳴叫聲。

「你現在還會那樣叫？」

六太語帶佩服地問，更夜點了點頭。樹林中立刻響起了「在這裡」的鳴叫聲。

「大個變老了嗎？」

「嗯，只是不像人類老得那麼快。」

「比人類更長壽嗎？」

「應該吧。」

「是喔。」六太點了點頭。使令沒有壽命，會說人話，智能水準也很高，原本以為是因為締結了身為使令的契約，但也許妖魔原本就具備這種能力。

他們走向聲音的方向，那裡有一片不大的原野，有一頭紅色的妖魔停在那裡。

「——天犬！」

亦信叫了起來，他緊張地準備抽出腰上的長刀，六太慌忙制止他。

「不要亂動，牠很安全。」

「但是台輔，牠——」

「雖然是妖魔，但很溫和，而且聽從更夜的命令。」

「怎麼可能？」

「你也覺得難以置信吧？但令人驚訝的是，這的確是事實。」

聽到六太這麼說，亦信無法釋懷地放鬆下來，但手仍然握著刀柄。從來沒有聽說人類可以馴服妖魔。眼前的妖魔是一匹巨大的狼，紅色的身體上有著一對藍色翅膀和黃色的尾巴，尖嘴是黑色的，那絕對就是名叫天犬的妖魔。亦信之前就聽說，妖獸有可能被調教，但妖魔絕對無法馴服。

「真的不用擔心，你看，那裡有人。」

六太笑著說，亦信往那個方向仔細看，發現妖魔身旁的確有幾個人影。剛才目光集中在妖魔身上，所以沒有察覺。

「喔喔……對喔。」

亦信終於鬆開了刀柄，六太笑著看向更夜。

「大個好像都沒什麼變。」

「嗯。」更夜點了點頭，走向妖魔。

「你看，六太來了，你應該還記得吧？」

說完，他巡視著妖魔身旁的男人問：

「找到了嗎？」

「是。」那幾個男人鞠了一躬，可能是更夜的手下。既然更夜是官吏，有手下也是很正常的事。六太看著那幾個男人，其中一人抱著一個小嬰兒，看到更夜接過嬰兒，六太目瞪口呆地問：

「該不會——是你的孩子？」

更夜抱著嬰兒笑了笑，嬰兒睡得很香甜。

「不，不是，這是為了要和你見面臨時找來的。」

他又笑了一下，把嬰兒遞給妖魔。妖魔張開有兩排利牙的嘴。六太驚訝不已，還來不及開口，更夜已經把嬰兒輕輕放進了妖魔嘴裡。

「——更夜！」

更夜轉過頭笑了笑。

「牠就是用這種方式搬送動物。」

六太鬆了一口氣。

「喔，原來是這樣。」

「但是，」更夜微微偏著頭笑著說：「如果你和護衛輕舉妄動，牠就會把嬰兒吞下去。」

「啊？」

「你立刻命令使令不得妄動，只要你一動，陸太就會咬斷嬰兒的脖子。」

亦信立刻跳到六太面前，六太站在亦信身後驚訝不已。

——陸太。他忍不住嘀咕著。

「我也為大個取了名字，叫牠陸太——當時還不知道這是膽大妄為之舉。」

「更夜……」

「如果你不希望嬰兒沒命，就乖乖跟我走。你應該不希望他死吧？麒麟是充滿慈悲的動物，甚至可能因為受不了血腥味而生病。」

「更夜，你……」

更夜看著亦信。

「你也跟我們走，不得抵抗。因為六太會這麼命令你。」

「你！」

亦信握住刀柄，想要拔刀。雖然麒麟的確討厭紛爭，但怎麼可能讓他就這樣被綁架？即使必須血濺其身，即使必須犧牲無辜的嬰兒，都必須保護無可取代的宰輔。

「亦信，不行——住手！」

亦信不理會六太的叫喊，抓住了他的手臂，準備拉著他逃離現場。當他一回頭時，整個人都僵住了。因為一個影子不知道什麼時候出現在他的背後，他剛才太驚訝了，完全沒有發現背後的動靜。如果有人接近，他應該會聽到腳步聲，但出現在背後的並非人類。

紅色身體、藍色翅膀和黑嘴。

更夜輕輕笑著說：

「妖魔有呼叫同族的能力。」
亦信還來不及揮刀，妖魔已經伸出利嘴。牠一開始就鎖定了亦信的喉嚨。
「——亦信！」
六太的呼喊變成了慘叫。妖魔的利嘴貫穿了亦信的喉嚨，撕裂了他的脖子。鮮血四濺，有一股力量從背後把六太抱開，避免血濺到他的身上。
「——台輔，危險！」
那是一個女人的聲音。抱著六太的手臂上有一層白鱗，白色羽翼抱住了六太，擋住他的臉——她是六太的使令。
「——更夜！」
即使有羽翼的保護，六太仍然可以從亦信無聲的悲鳴、血腥味和可怕的聲音中，猜想到眼前發生了什麼事。咚。隨著身體落地的聲音，再也聽不到亦信的呼吸聲，但啃食的聲音持續不斷。這時，突然響起嬰兒哭泣的聲音。
「——更夜，為什麼……？」
「我必須帶你去元州。」
「元州。」六太小聲咕噥。
「如果你不希望看到嬰兒送命，趕快命令使令不得輕舉妄動，我並不想害你，只是希望你跟我一起來，去見我的主子。」
「……主子。」

之前尚隆也曾經提到元州。
「是元州令尹。」
「——斡由嗎？」
六太推開了遮住他臉的羽翼，看著站在妖魔身旁，始終露出微笑的更夜。
「沒想到你認識卿伯。」
「……元州有何企圖？」
六太問道，但更夜沒有回答，只是用沒有感情的聲音催促著周圍的隨從。
「台輔？」身後傳來問話的聲音。六太搖了搖頭。
「沃飛，不行，絕對不能輕舉妄動。」
「但是……」
「放開我。」
六太說完，抱著他的白色手臂立刻鬆開了。六太轉過頭，對著一臉擔心的女怪點了點頭。
「沃飛，退下吧。」
女怪渾身覆蓋著白鱗，有著白色翅膀和鷲的下半身，她猶豫不決地望著六太，呼吸了一口氣後，輕輕搖著蛇的尾巴消失不見了。她回到六太的影子中。六太確認後，再度正視著更夜。更夜莞爾一笑。
「不愧是台輔，太有慈悲心了。」

第三章

1

被取名為更夜的孩子當時住在金剛山深處。

金剛山位在世界中央，環抱黃海，高聳入雲的峻嶺連綿不斷。金剛山的斷崖處有一個橫向的狹窄洞穴就是妖魔的巢穴，這個橫向的洞穴一直通往巨大的山下，沒有止境，也許可以直接通向黃海。

在充滿腐臭味的洞穴中，更夜探頭看著妖魔的臉。

「我是更夜，你以後要叫我更夜。如果你不這麼叫我，我可能又會忘記自己的名字。」

妖魔聽到他這麼說，用鳴叫聲回答：「知道了。」

「大個，你也想要名字嗎？」

妖魔微微偏著頭。

「──就叫你陸太，這樣的話，我就不會忘記六太的名字了。」

六太是更夜第一次遇見沒有把他當成敵人的人，他沒有追趕更夜，也沒有追趕妖魔，更沒有逃走，而是來到更夜的身邊和他聊天，還為他取了「更夜」這個名字。

更夜抱著妖魔的脖子。

「陸太，希望你也可以像人類的六太一樣說很多話。」

他的年紀已經可以理解寂寞是什麼，只要穿越大海，來到陸地，就有很多城市，每個城市都住了很多人，有像更夜一樣的小孩，那些小孩都有比他更年長的人牽他們的手，把他們抱在懷裡。更夜喜歡看這樣的畫面，但也同時感到難過。每次在街頭看到親子或是孩子到處奔跑，就悲傷不已，但離開之後，又忍不住想要回去再看一眼。

養育他長大的妖魔從來不曾帶牠的同伴回來，有時候遇見其他妖魔還會發生打鬥，也許這就是妖魔的特性。所以更夜和妖魔相依為命。

當更夜思念人類而到街上時，妖魔就會攻擊人類，於是就會引起一陣騷動，刀和長槍也會落在更夜身上。雖然他拜託妖魔不要攻擊人類，但妖魔肚子一餓，就會無視更夜的懇求攻擊人類。即使妖魔不展開攻擊，人類只要一看到妖魔和更夜，不是慘叫著四處逃竄，就是拿著武器追趕他們。

更夜湊到妖魔的臉前，一次又一次地叫牠「陸太」。

「你不攻擊人類就好了，我們就可以一起去闞弓。」

「小個。」妖魔發出嗚叫聲。

「不行，我叫更夜，更夜。」

「小個。」妖魔依然這麼叫著，那是牠叫更夜一起走出洞穴的聲音。

「如果你不叫我這個名字，我又會忘記，就好像已經忘記了原本的名字一樣。」

母親牽著更夜的手時，的確用某個名字呼喚他，但現在他無論如何都想不起那是什麼名字。

「你要叫我更夜。」

在街上奔跑的孩子。叫孩子聲音。抱起孩子的手。敲孩子腦袋的手。所有這一切，都讓更夜羨慕不已。更夜記憶中的手是把他丟到山上的母親的那隻手，以及帶著更夜去海邊的男人粗糙的手。

為什麼更夜無法牽到那些溫暖的手？為什麼那些人對其他小孩子很親切，卻要追趕更夜，傷害他？他聽說大海彼岸有一個叫蓬萊的國家，原本以為去了那裡，就不會被追趕，也有溫暖的手在等待他。還是說，只要努力尋找，更夜也可以找到一個地方，過著溫暖的生活？

「……六太。」

六太聽更夜說話，給他食物，也撫摸了他，為他取了名字，更希望更夜跟他走。如果跟六太走，是不是可以聊更多話，會經常叫自己的名字？可以像那些在街上玩的小孩一樣打鬧玩耍嗎？

「……早知道應該跟六太走。」

但是，妖魔是第一個沒有殺更夜的動物。

更夜抱著妖魔的脖子，把臉埋進牠身上的紅毛。

「真希望我們可以一起去。」

更夜告訴妖魔，不可以攻擊人類，但更夜漸漸發現，只要妖魔肚子餓，看到動物就會殺死牠們填飽肚子，於是，他學會狩獵餵飽妖魔。只要妖魔不餓，就會聽更夜的拜託。

即使妖魔不再攻擊人類，人類還是厭惡妖魔和更夜，只要一靠近城市，箭就像雨點般飛來。雖然更夜已經沒有理由再去大海對岸，但他仍然無法下定決心，再也不去那裡了。

隨著年齡的增長，他越來越感到孤獨，卻找不到可以和人類交流的地方。妖魔仍然不叫「更夜」這個名字，他只能自言自語。

——有時候，更夜懷疑遇見六太是一場夢，回想起當時的事，他越來越難以相信有人不害怕妖魔和自己，親切地和自己說話。正因為這個原因，他堅持叫自己更夜，也用「陸太」這個名字叫妖魔。無論自己再怎麼餓，都把食物讓給妖魔吃；無論怎麼累，都不會忘記為妖魔狩獵食物。因為他覺得只要妖魔遵守「不吃人」的約定，和六太之間的維繫就不會斷。

也許有一個適合自己居住的地方。這個夢想隨著聽到的悲鳴聲和射向自己的箭雨數量增加而不斷縮水。雖然他曾經想過，乾脆離開妖魔去找關弓，但每次聽到妖魔充滿慈愛地叫他「小個」，這種想法就持續萎縮。

反正自己是妖魔的孩子，無法和人類進行交流。

當更夜已經放棄時，遇到了斡由。和遇見六太時一樣，也是在黑海海邊的元州。

更夜像往常一樣，騎在妖魔身上前往陸地，用丟石頭的方法狩獵。一、兩隻兔子無法消除妖魔的飢餓，於是他離開正在大快朵頤的妖魔身邊，準備尋找新的獵物。之前被箭射中的手臂受了傷，他痛得連睡覺都很不舒服，但還是必須為妖魔覓食。這時，又有箭向他飛來。

更夜叫著逃進樹林。雖然他已經中了無數次箭，身上被箭頭射穿的傷口也不計其數，但如今身上還有疼痛的傷，想要適應也很難。

他連滾帶爬地衝進樹林，躲在樹叢後方，射向他的箭立刻停止了。

「——孩子，出來吧。」

一個響亮的聲音說道。更夜屏氣斂息，那個聲音再度說道。

「你剛才騎在妖魔背上，在天空中飛嗎？」

更夜幾乎聽不懂人類的語言，但奇妙的是，他竟然聽得懂男人說的話。他發現男人說話的聲音中既沒有憤怒，也沒有悲鳴，忍不住從樹叢後探頭張望。

有幾個男人站在樹林前方的斜坡上，大部分都跪在地上舉著弓，只有一個男人站在前面，抱著雙臂。

「怎麼了？不出來嗎？」

男人說完，看向其他人。

「他在害怕——你們放下弓箭。」

「但是……」隨從似乎仍有疑慮，男人揮了揮手，隨從全都放下了弓箭。

更夜看到他們收起了武器，從樹叢後方更加探出身體，和男人四目相接。那個面帶笑容的男人和妖魔一樣，有著一頭紅髮，右側太陽穴旁有一小撮白髮。更夜放鬆了警戒，跪在地上，挺直了身體。

「出來吧，這裡什麼都沒有。」

男人的聲音很溫柔，更夜終於緩緩走出樹叢。如果是不會追趕自己的人，他想要靠近他們。他太渴望和別人接觸了。

男人蹲了下來，向他伸出手。

「──過來吧，我不會打你。」

正當更夜想要繼續往前走時，聽起來像是「不要！」的咆哮聲制止了他。妖魔用力拍著翅膀，突然降落在他面前。妖魔發出奇怪的叫聲威嚇著那幾個男人，然後伸直後腿坐了下來──牠示意更夜坐在牠背上。

原本放下弓箭的男人同時舉起了弓箭，跪在地上的男人制止了他們。

「──住手，不要射！」

說完，他毫不畏懼地看了看更夜，又看了看妖魔，似乎感到很好奇。

「真有趣，這個妖魔在保護你嗎？」

說完，他再度伸出手。

「來吧，我不會傷害你和妖魔──沒錯。」

男人說完，看向身後，命令正在猶豫要不要放下弓箭的男人把鹿拿出來。

「你剛才也在狩獵吧，但用石頭狩不到鹿。」

更夜驚訝地看了看男人，又看了看鹿。雖然他猜想男人應該是想把鹿給他，但他想不透原因。男人迎向更夜的視線笑了笑。

「你也吃鹿嗎？還是想吃這個？」

男人說完，從腰上的袋子裡拿出用綠葉包的東西，在他面前打開綠葉，裡面是用蒸熟的穀物做成的餅。

更夜記得那種食物。六太曾經給他吃過。

「不想要嗎？還是想吃肉？」

更夜走出樹叢，走出了樹林。雖然妖魔用鳴叫聲制止他，但他沒有理會，對著男人指了指鹿，然後又指了指妖魔。男人點了點頭，更夜對妖魔露出了笑容。

「他要送我們，你可以吃，所以不能攻擊人類。」

妖魔發出狐疑的鳴叫聲，但還是探出身體，咬著鹿的腿，拉到自己的腳邊。更夜慢慢走向男人，警戒地注視著其他男人，那些男人似乎無意傷害他。他放心地走到跪在地上的男人身旁，然後坐了下來。

男人向他伸出手，更夜有點害怕地縮起身體，他把手放在更夜頭上。他的手又大又溫暖。

「真是太不可思議的孩子，竟然馴服了妖魔。」

男人溫柔的聲音讓更夜有一種心癢癢的感覺，忍不住縮起身體。當手掌的溫暖消失後，他感到格外寂寞。

「……你不喜歡別人摸你嗎？就像野獸一樣。」

不是這樣。更夜搖了搖頭。

「沒關係，我不會做你不喜歡的事——你從哪裡來的？我聽說這一帶有人妖帶著天犬，沒想到竟然是人類的小孩。」

更夜看著男人的笑容。

「你沒有名字嗎？你住在哪裡？」

「——更夜。」

更夜回答，對能夠介紹自己的名字感到有點感動。他曾經無數次夢見自己有名字，也有人問自己的名字。

「你叫更夜嗎？你住在近郊嗎？」

更夜聽到男人叫自己的名字很高興，充滿了幸福的感覺。更夜看向後方，樹林後方是聳向天際的高山，他指向那座山。

「你住在金剛山上嗎？黃海——不會住在黃海吧？因為無論人和獸都無法去黃海。」

「懸崖。」

更夜說道，男人笑了起來。

「是嗎？原來你住在懸崖。你能夠聽懂我說的話，真聰明。」

男人再度把手放在更夜的頭上，這次更夜沒有再閃躲。

「你幾歲了？十二歲左右吧？」

「不知道。」

「你沒有父母嗎？」

更夜點點頭。

「聽說有很多家庭為了減少吃飯的人口，把孩子丟進黑海，你也是這樣嗎？沒想到竟然可以活到今天。」

「陸太牠……」

更夜回頭看著妖魔，男人也看著正在吃鹿肉的妖魔。

「太驚訝了，是妖魔把你養育長大的嗎？牠叫陸太嗎？」

「……嗯。」

男人露出微笑，突然看向更夜的左手臂。

「怎麼了？受傷了嗎？都化膿了。」

更夜點了點頭，男人拿起他的手臂打量了半天。

「箭頭還留在裡面，要趕快處理一下。」

男人站了起來，更夜難過地抬頭看著他。他會就這樣離開嗎？

——但是，男人向他伸出手。

「來吧，你應該過更正常的生活。」

「來吧？」
「我叫斡由，住在頑朴——你知道嗎？」
更夜微微偏著頭。
「你來我的住處，你的傷口需要處理，也需要衣服和教育。」
「陸太……也一起嗎？」
他戰戰兢兢地問，男人露出燦爛的笑容回答：
「當然啊。」

2

徒步從關弓到元州的首都頑朴需要一個月的時間，更夜騎著妖魔，他的隨從也都騎在騎獸身上，所以這趟空中之旅只花了四分之一天的時間。
六太抱著更夜，坐在妖魔的背上。妖魔身上的確沒有血腥味，至少更夜說牠遵守了吩咐這句話沒有說謊。
從太陽高掛天上到夕陽西下的天空之旅期間，更夜對六太有問必答，向他說明了成為斡由護衛官的來龍去脈。
「卿伯真的帶我去了頑朴，在那裡教了我很多事，也給了陸太——給了大個很多食物，所以大個就不再殺生了。」

「最近牠都完全不攻擊了嗎？」

「也不是。卿伯在把我帶回家後三年左右，提拔我當他的護衛，一旦遇到危險，為了保護卿伯，牠會攻擊人或獸——應該說是我命令牠攻擊，因為這是分內事。」

「是喔。」六太小聲嘀咕，下方出現了被西沉的夕陽照亮的城市，也許這個城市比關弓更大。

「那是頑朴嗎？」

「對，是不是比關弓更漂亮？」

他說的是事實。下方的城市比關弓整備得更加完善，周圍山野的綠意也比關弓周圍更豐富。

「元州真富裕……」

六太輕聲嘀咕，更夜笑著轉過頭說：

「對吧？因為有卿伯在啊。卿伯是好人，民眾都很愛戴他。」

更夜說完，窺視著六太的表情。

「比延王更可靠。」

六太點了點頭。

「也許吧，因為尚隆是個笨蛋。」

更夜瞪大了眼睛。

「你不喜歡延王嗎？」

「我並不討厭他，但他真的是笨蛋啊。」

「那你為什麼要追隨這種笨蛋？」

「沒辦法啊——更夜，你很喜歡斡由吧？」

六太問，更夜笑著說：

「我甚至為了卿伯不惜綁架了你啊。」

——但是，斡由是叛賊。六太把這句話吞了下去。光是綁架六太這件事，就已經罪證確鑿，更何況元州的人經常去關弓購買武器。元州一定想要謀反——除此之外，沒有其他可能。

麒麟挑選一國之王，這是天帝的決定，但至今仍然有人無法接受這種決定，歷史上想要打倒君王，自己坐上王位的人層出不窮。

六太看向身後，靖州所在的群山朦朧地出現在遠方，已經看不清楚了。尚隆不知道會怎麼樣？會不會驚慌失措？

元州州侯城和關弓一樣，在名為頑朴山的凌雲山山頂。坐騎降落在頑朴山半山腰的岩石區，六太被帶去雲海上方的元州城。

相當於宮城內殿的建築物大廳內，除了數名官吏以外，還有一個男人等候在那裡。男人看起來很年輕，一頭很接近紅色的深棕色頭髮。

六太的雙手被左右兩個男人抓住，更夜和妖魔跟在後方。妖魔嘴裡仍然含著嬰兒，從牠微微閉起的嘴裡不時傳出斷斷續續的哭泣聲。

斡由是元州侯的兒子，官位是輔佐州侯、統率州六官的令尹，位卿伯，他坐在州侯的座位上迎接六太。

「更夜，你辛苦了。」

斡由用溫和的聲音犒勞更夜後站了起來，走到臺下，請六太走上臺，然後跪在地上，深深地磕頭。

「請台輔恕罪。」

六太知道自己是俘虜，所以做好了心理準備，看到他突然磕頭，反而有點手足無措。

「……你是斡由嗎？」

聽到六太的問話，斡由抬起了頭。

「州侯臥病在床，請原諒身為令尹的微臣對台輔的無禮行為。微臣深知此舉大逆無道，微臣無言辯解，懇請恕罪。」

「……你有何企圖？目的是什麼？」

「首要目的是漉水。」

六太皺起眉頭。

「——漉水。」

「漉水是貫穿元州的大河，自從梟王毀堤之後，下游的多縣每到雨季就飽受水患之苦，所幸至目前為止，流域內的里和廬並未因此毀滅，但不知這份幸運能夠持續到何時，所以需要立刻進行大規模的治水工程，王卻遲遲不裁示，而且王剝奪了州侯的治水權，元州無法自行進行治水工程。」

六太咬著嘴唇——真是自作自受。尚隆現在一定驚慌失措，但他是咎由自取。

「各州應該由州侯治理政務，微臣深知在王的眼中，梟王封的州侯如眼中釘，但剝奪實權的做法似乎並不妥當。國家的施政無法遍及國土的每個角落，就以目前來說，雨季快到了，漉水的問題仍未解決。」

斡由跪在地上，抬頭看著六太。

「雖然再三上奏，但主上不願採納臣的意見，臣走投無路，只能出此下策。臣深知台輔必定火冒三丈，但懇請台輔聆聽臣稟報。」

——你這麼做太危險了。

六太之前曾經這麼向尚隆諫言。

君王的統治無法遍及國土的每個角落，因此需要分權，由州侯統治各州。雖然目前的州侯都由先王任命，但剝奪他們的實權，光靠君王一人能夠妥善統治九個州嗎？

雖然六太這麼諫言，尚隆並未採納他的意見。尚隆向來為所欲為，他是王，沒有人能夠強迫他做任何事。雖然有不少近臣，只不過尚隆向來獨斷專行，朱衡和帷湍算是近臣中的近臣，但即使他們提出諫言，尚隆也不可能去做他原本不想做的事。

至今為止，六太不知道諫言、進言了多少次，尚隆完全不予理會。王一手掌握了國家大權，是國家的最高權力者，一旦王決定要做某件事，幾乎沒有方法可以阻止，就好像之前沒有任何人能夠阻止梟王的殘暴行為。

六太重重地嘆了一口氣說：

「我會向王如此稟報，請他高抬貴手——如果我這麼說，可以讓我回去嗎？」

斡由再度磕首。

「恕臣冒犯，懇請台輔留在此處委屈一段時日。」

「在王認真處理這件事之前，要把我當人質嗎？」

「恕臣無禮。」

「……好吧。」

斡由驚訝地抬起頭。

「台輔願意答應嗎？」

「嗯，因為我覺得你言之有理。雖然手段不合法，但除此之外，沒有其他方法可以讓那個笨蛋就範，那我就在此叨擾一陣子。」

斡由露出充滿感激的眼神，深深地磕頭。

「臣感激不盡。」

「嗯。」

六太小聲應了一聲，看著站在斡由身後的更夜問：

「更夜，他就是你的主子嗎？」

更夜笑而不答。

3

六太被帶入元州城深處，往下走了很長一段路，來到應該是凌雲山底部的一個房間。打開門一看，一個女人在鐵柵內站了起來。

「——台輔。」

「……驪媚。」

驪媚是派到元州的牧伯，牧伯奉王的敕命監督州侯，代表被凍結實權的州侯和令尹掌管內政。除了六太親自治理的靖州以外，派往八州的八名牧伯及其部屬，以及帷湍、朱衡、成笙等人率領的部屬成為在眾多奸臣中，支持尚隆的心腹。

鐵柵拉起，更夜和其他人帶著六太走進室內。六太吐了一口氣。

「驪媚，妳當然會被抓起來，因為妳算是尚隆的走狗。」

「台輔，連您也這麼說。」

「嗯，但妳忍耐一下，無論怎麼想，都覺得是尚隆自作自受。」

「您怎麼說這種話？」

「他整天游手好閒，才會發生這種事。我們就好好享一陣子清福吧。」
驪媚看著更夜說：
「不得對台輔無禮。」
更夜笑著說：
「當然不可能傷害他——六太，但你畢竟是俘虜。」
「我知道。」
「你過來這裡。」
更夜說道，六太順從地走到更夜身旁。更夜從懷裡拿出一綑紅繩和一塊白色石頭，當他把白色石頭放在六太的額頭上，六太立刻往後一退。
「——不要。」
「不行，你不要動……嬰兒還在我們手上。」
六太看向坐在門口的妖魔。妖魔故意張開嘴，六太看到了嬰兒的小手臂。
「……我不是抵抗，只是不喜歡這樣。」
「因為你的額頭上有角，讓我把你的角封起來，因為不能對使令掉以輕心。」
六太不是人類，可以憑自己的意志恢復原來的樣子——變成麒麟。當變成麒麟時，額頭上的角是妖力的來源，所以很不喜歡別人碰到角——以人形現身時，就是額頭上的一點——的位置。一旦封住角，便是同時封住了妖力，無法把使令叫出來。
「我真的很不喜歡，不是普通的不喜歡，而是非常討厭。」

「妖魔也有不喜歡別人碰的地方……來吧。」

六太只好很不甘願地抬起頭，立刻感受到冰涼的東西放在額頭上，因為過度敏銳，令他感到痛苦不已。他本能地想要逃開，但用全身的意志力克制住了。

「……很痛，很不舒服，我想吐。」

「忍耐一下。」

更夜用紅色細繩綁住石頭後，在六太後腦杓打了一個結，念了咒語。六太的痛苦立刻消失了，但覺得身體內好像出現了空洞。

「還會不舒服嗎？」

「不會了，但感覺很奇怪。」

「你現在無法叫使令出來，也無法變成麒麟了，不能在天上飛，所以不要爬到高處。」

更夜笑了起來，然後走向妖魔，敲了敲牠的嘴，讓牠張開，接著用紅繩纏繞躺在紅蓮般舌頭上的嬰兒的脖子，輕輕打了一個結，念完咒語後，多餘的紅繩從打結處掉了下來。他仔細捲起後，收進懷裡。

「這叫赤索條，如果你扯斷繩子，就會勒緊嬰兒的脖子。」

「……有必要這麼做嗎？我不會逃走。」

「我不是說了嗎，你算是俘虜。」

更夜說完，看向驪媚。

「也和她的紅繩連在一起。」

六太抬頭一看，發現驪媚的額頭上也用紅繩綁了一塊白色石頭。眾官加入仙籍，所以不會變老。一旦變成了仙，額頭上的第三隻眼就會打開。即使從外表看不出來，但裡面隱藏著某種器官。一旦封起第三隻眼，就失去了所有的咒力，就像六太的角一樣。

「如果她扯斷繩子，也會勒斷嬰兒的脖子。如果扯斷嬰兒的繩子，她的紅繩就會拉緊，她的脖子就會勒斷。六太的紅繩也一樣，但你是麒麟，和普通的仙不一樣，應該不至於勒斷脖子，但應該會很痛苦，搞不好角會斷。」

「……我知道了。」

「牢外也綁了繩子，如果想要逃走，繩子也會斷。」

「到時候嬰兒和驪媚就會很慘。」

「就是這麼回事。」

「全部結束後，小孩子會歸還嗎？」

更夜笑說：

「那當然。」

「你對麒麟很瞭解嘛。」

普通人並不知道麒麟有角。

「因為我有陸太——喔，因為我有大個。妖魔和神獸很像。」

「我的使令什麼都不告訴我。」
「大個也沒教我，只是和牠在一起這麼多年，學到了不少。」
「是喔……」
更夜把嬰兒抱了起來，交給驪媚。
「這孩子交給妳，由妳來照顧，需要任何東西，都會馬上送來。」
「大逆無道。」
驪媚咬牙切齒地小聲說道，然而更夜只是笑了笑。
「如果還有其他需要的東西，也可以叫人送來。」
驪媚沒有回答，用充滿憤恨的雙眼瞪著更夜。更夜一派灑脫地承受著她的視線，六太看著他們。
「我和驪媚都不會輕舉妄動，你會不時來這裡嗎？」
「會啊，來查看情況。」
六太點了點頭說：
「沒想到會用這種方式重逢，太遺憾了。」
更夜也點了點頭。
「是啊，我也這麼認為。」

4

「台輔，您有沒有受傷？」

驪媚問，六太對她笑了笑。

「沒事，沒事。這個房間還不錯嘛，待遇比我想像中好。」

六太巡視室內。這個房間不知道是基於什麼目的建造的，白色的大岩石建造的房間雖然並不寬敞，但不像是牢房。裡面有簡單的床榻，用屏風隔開的空間內還有另一張臥床，角落有泉水可以清洗。房間內的家具一應俱全，抬頭一看，很高的天花板上有一扇天窗，天亮之後，陽光應該可以照進來。

「驪媚，妳會照顧孩子嗎？」

六太露齒而笑，驪媚紅著臉說：

「我也不知道……有點不安。」

「妳沒有孩子嗎？」

「以前有丈夫和孩子，但在我任官時就分手了。那是先王時代的事，所以他們應該很老了。」

「原來他們沒有和妳一起加入仙籍。」

「因為我丈夫不願意。」

「是喔……」

國州的官吏必須昇仙，所以一定會和家人分離。雖然父母和妻兒可以一起加入仙籍，但兄弟姊妹無法昇仙，雖然官吏的近親可以優先錄用為官吏，但失去的還是會很多。

「除了妳以外的其他人呢？」

牧伯通常有不少侍官和僕人。

「應該都被抓了，因為沒有聽到被處決的消息，應該被關在某個地方吧，其他派到此處的官員應該也一樣。」

「是嗎？那就太好了。」

國府派了六名官員前來輔佐和監視州侯令尹，教導州侯何謂正道，傳達世間哲理，糾正錯誤，但這些官員都是一些不中用的老頭子，發揮不了太大作用，只是雁國眼前還無暇改善這個問題。

「驪媚，妳還好嗎？他們有沒有對妳動粗？」

六太問，驪媚露出複雜的笑容。

「我還好……不知道是否該慶幸，斡由還不至於如此喪心病狂。」

「斡由是怎樣的人？州侯又去了哪裡？」

「州侯似乎身體欠佳，鎮日關在城內後宮，足不出戶，一切都交由斡由負責。」

驪媚說完，重新抱好手上的嬰兒。擺脫了妖魔魔嘴的嬰兒睡得很香甜。

「眾官皆知，因為州侯罹患心病，無法處理政務。至今仍然對梟王害怕不已，即使周圍人百般勸說，也不願踏出後宮一步。以前心情不錯時，還會找來官吏下達指示，但聽說最近每況愈下，還把他周遭的官吏當成是梟王的刺客大吵大鬧，斡由只好利用處理政務之餘親自照顧他。」

「……是喔。」

「——所以完全沒想到斡由會做這種傷天害理的事，他向來通情達理，也很關心百姓。」

「是嗎？我驚訝地發現，頑朴很富裕，市容也很整齊。」

「斡由是能幹的官吏，雖然幾乎沒有實權，但他還是能夠在有限的權力中充分發揮——真搞不懂他為什麼要做這種事。」

「都是尚隆的錯，他太怠惰了。」

「這……」驪媚露出為難的表情，「主上必有主上的考量，斡由無法瞭解上意，才會做出如此短視近利的事。雖然他的手下很仰慕他，百姓也都崇拜他，但他也因此太驕傲了。」

「……是嗎……」

「問題是，」驪媚抱著嬰兒偏著頭，「您真的沒關係嗎？您的氣色很差。」

「嗯。」六太點了點頭，坐在床上。

「台輔，如果您累了，請先歇息。」

「嗯，謝謝。」

六太說完，當場躺了下來。他已經無力再走到房間角落。

「台輔？」

「我好像是因為見了血有點暈，不好意思，這裡借我躺一下。」

「……血。」

驪媚張大了眼睛。

「亦信……死了……」

「是成笙下屬的那個亦信？」

「嗯……真的很對不起他……」

驪媚遲疑了一下，把嬰兒放在桌上，走到臥床旁，說了聲「恕我失禮」，伸出手。六太綁著白石的額頭很燙。

「您發燒了——」

「嗯，但只是因為見了血的關係。」

「您會不會不舒服？」

「這點不舒服不足掛齒。」

「——恕我失禮，您認識射士嗎？」

「射士。」六太嘀咕了一下，才想到那是州侯身邊護衛長的官名。一國之王身邊的護衛長稱為射人，州侯以下稱為射士，在射人、射士帶領下實際負責護衛工作的官吏稱為大僕。

「更夜……是射士嗎？他算是出人頭地了。」

「他用奇妙的方法馴服了妖魔。」

「不是他馴服的，而是那個妖魔養育了他。」

「——啊？」

「對不起，改天再向妳說明，我超想睡……」

「好。」驪媚點了點頭，六太閉上眼睛。他因為血腥味頭昏腦脹，很不舒服。

5

「……還是沒有回來。」

玄英宮內，尚隆看著窗外黑暗的天色嘀咕道。已經深夜了，六太仍然沒有回來。雖然他經常溜出王宮，但之前從來不曾發生半夜未歸的情況。即使晚上溜出去，也會在深夜至清晨趕回來，避免被人發現，從未讓周圍的官吏像今天這樣嚇得臉色發白。

「……是不是真的出事了？」

朱衡充滿不安地問道：「不知道啊。」尚隆應了一聲，這時，聽到有人急急忙忙地跑了進來，原來是一臉凝重的成笙。

「真難得看到成笙臉色大變的樣子。」
尚隆揶揄道，成笙不悅地低聲說：
「這種時候還在開玩笑。有人發現了亦信的屍體。」
除了尚隆以外，同時在場的朱衡和帷湍也都看著成笙。
「台輔不見蹤影，目前下落不明。」
「……真可憐，好不容易逃過梟王的魔爪。」
聽到尚隆的嘀咕，朱衡瞪著他說：
「主上，現在不是說這種事的時候吧？」
「就是啊，六太應該慎選朋友，如果每次出門，負責護衛的人就被幹掉，誰受得了啊。」
「主上！」
「不要理這種笨蛋！」
帷湍忍無可忍地說道。
「那個人是不是叫更夜？」
帷湍問成笙。
「好像是，剛才已經向雉門的崗哨確認過了，他和台輔兩個人一起離開了宮城，亦信也跟著他們。」
「然後就被殺害了嗎……地點在哪裡？」

「關弓外，而且亦信的屍體被啃咬得面目全非，應該是妖魔或妖獸所為。關弓有人在今天傍晚看到了天犬。」
「沒找到台輔嗎？」
「到處都找不到。」
「被帶走了嗎？但如果有妖魔出現，就很令人擔心，這一陣子關弓周圍都不曾有妖魔現身。」
「嗯──還有一件事，不知道是否有關，今天有人報案，家裡的嬰兒不見了。」
「──嬰兒？」
「今年春天剛出生的女娃，稍不留神，就不見蹤影了。」
「真奇怪啊……不知道和台輔失蹤是否有關係。」
「不過，」朱衡壓低了嗓門，「台輔平安無事嗎？」
「他又不是會乖乖受死的餓鬼。」
三個人同時回頭看著坐在窗邊的王。帷湍瞪著王說：
「你難道不擔心嗎？台輔現在下落不明啊！」
「我擔心有用嗎？」
「你這個傢伙……」
「成笙不是已經派人去找了嗎？」
成笙點了點頭。

「既然這樣，目前也沒其他事可做了，可能不久之後就會找到他，也可能是他自己回來。」

「你這傢伙！」

「或是有人來提要求。」

「啊？」帷湍眨了眨眼。

「他不是被綁架了，就是被殺了。如果已經被殺，我們在這裡擔心也沒用，但他不可能輕易被殺，因為他有使令。如果是遭到綁架，綁匪是誰？有什麼目的？至少有一件事很清楚，如果六太抵抗，使令就會保護他，怎麼可能輕易遭到綁架？而且，現場只留下一具屍體，代表六太並沒有抵抗，所以很可能是那個叫更夜的傢伙所為。」

「因為是朋友，所以沒有抵抗……？」

「很可能，那個失蹤的嬰兒很可能被當成人質，無論如何，既然是六太主動被綁，不可能輕易找到線索。如果是綁架，綁匪一定有目的。六太哪有可愛到別人只是想要把他綁回家而已？」

「我說你啊……」

「綁匪好不容易拿到了重要的王牌，一定會急著炫耀，我們就靜觀其變吧。」

「在此之前，真的不採取任何行動嗎？」

「根本沒有任何方法啊——朱衡。」

「是、是。」

「趕快和元州的驪媚聯絡。」
「元州……嗎？」
尚隆露出冷笑。
「元州原本就很可疑，如今又發生了意外，還是請她提高警覺。如果什麼都不做，六太回來之後，又會吵鬧著說，我們都不管他——同時也查一下仙籍，找一下元州的官吏中，有沒有姓氏或名字叫更夜的人。」
「——遵命。」
尚隆嘴角露出笑容。
「……真是個麻煩的餓鬼，說什麼討厭內亂，自己卻播下火種。」
「主上在懷疑元州嗎？」
「元州的確在養兵，武器倉庫的武器也不翼而飛了。」
成笙點了點頭。他在暗中調查後，發現武器倉庫內的武器減少了。
「他們心裡有鬼，如果我們主動採取行動，不是會打草驚蛇嗎？不管是不是元州綁走了六太，只要我們有所行動，對方也會有動作。」
「——是。」
「……不知道到底是誰在作亂——真受不了，有太多可能了。」
尚隆看向的雲海沉入混沌的黑暗之中。

第四章

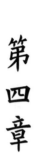

1

「聽說台輔身體有恙，不知情況是否嚴重？」

翌日，斡由在更夜的陪同下造訪時問道。

六太躺在床榻上，可能是睡著時，驪媚把他抱過來的。斡由來到枕邊，恭敬地跪在他面前。

「只是因為見了血暈了……」

「臣對麒麟不甚瞭解，即使不治療，也沒有大問題嗎？」

「我沒事。」

六太想要坐起來，但仍然燒得很厲害，一旁的驪媚慌忙制止他。

「請您先躺著休息，千萬要保重您的萬金之軀。」

「我不會因為這點小事就沒命的——對了，斡由？」

「是。」斡由跪在地上行了一禮。

「你的目的只是為了漉水工程嗎？果真如此的話，遂人已經再三稟報，工程應該很快就動工了。」

「台輔，」斡由注視著六太，「您知道雁國有多少河流嗎？知道其中幾條河有可以對抗雨季的堤防？」

「對不起，我並不知道。」

「臣也不知道，只知道漉水是有名的大河，連漉水都這樣，其他河流的情況可想而知，台輔，您是否也這麼認為？」

「……也許吧。」

六太說完，看著斡由精悍的臉。

「但是，一國的領土遼闊，很多地方都需要解決治水問題，官吏的人數銳減，百姓辛勤耕作，不忍要求他們額外勞動——國家不是靠一朝一夕能夠打造完成的，你能夠瞭解嗎？」

「臣當然知道。」斡由嘆了一口氣，「但為什麼太綱上明定，州要有州侯，郡要設太守呢？王剝奪了侯的實權，如果沒有國府的裁示，就不可進行任何治理工作。臣深知目前的國情，也知道王為什麼會採取這種措施，但這也代表國府必須代替侯施政，難道不是嗎？」

「這……」

「漉水正面臨危險，臣希望修建堤防，必須上奏主上，並獲得裁示後，方能在國府指導下進行，如果這樣能夠比交給州侯處理更加確實，臣就不會做出此等魯莽之舉。」

六太無言以對。

「聽說王非但沒有日理萬機，而且經常不參加朝議，官吏忙著尋找王的下落。既然如此，為何要剝奪州侯的權力？」

「尚隆他……」

「臣希望可以將自治權交還於各州。王是一國陰陽之要，臣無意討論王存在的必要性，但既然王疏於政務，臣便希望可將實權交還於州侯，只要把所有政務交給六官諸侯，王可以盡情地玩樂。」

「這種方法無法治國。如果諸侯各行其道，光是治水一事，就可能造成上游水量豐沛，下游雨水枯竭的結果。」

「那為什麼不設立一位掌握全權的官吏？可以將全權交由這位官吏負責，代替王推動政務——難道我的想法逆天悖理嗎？」

「斡由，但是——」

「臣很清楚，如此一來，王的面子掛不住，但是，如果王無法為民謀福，又如何為王？臣打算上奏，懇請王設置委任全權的官吏。」

「這不是上奏，是要求吧？斡由，我認為你的想法並非全無道理，然而，一旦押了人質，就無人理會主張的是非對錯。」

「——太荒唐了！」

背後突然傳來一個不屑的聲音，六太驚訝地看向那個方向，驪媚神情凝重。

「卿伯和台輔都在說什麼啊。」

「驪媚，妳聽我說……」

「不！」驪媚用力搖頭，「絕對不可聽這個奸臣所言，難道您不知道他剛才說的話有多麼罪孽深重嗎？」

六太一臉困惑地抬頭看著驪媚，斡由不由得苦笑起來。驪媚走了過來，站在六太和斡由之間。

「當然不可能把全權交給他人，否則為什麼需要麒麟？為什麼要由麒麟挑選君王？麒麟是民意的代表，因為有天命，王才能坐上王位，您的意思是，不需要麒麟的選定，也不需要天命，就讓某個人成為實質的王嗎？」

「驪媚。」

「這就是他剛才所說的話，您瞭解嗎？假設是斡由坐上那個位子，當他背離了正道，像梟王一樣胡作非為怎麼辦？王的治世並非永恆，但沒有壽命的仙掌握了相當於王的實權，會造成怎樣的結果？梟王在短短三年期間，就讓雁國如此荒廢！」

六太沉默不語。王雖然沒有壽命，卻無法永遠治世。一旦背離正道，違背民意，讓王坐上王位的麒麟就會得到報應——麒麟會生病。雖然麒麟選定王之後，也成為沒有壽命的動物，但這種病是不治之症，是因為王的失道而得病，所以稱為失道。一旦麒麟死亡，王也跟著斃命，所以昏君無法長期治世。

「天帝創造這個世界，決定了萬事，為什麼沒有讓霸者成王，而是由麒麟選定——不，絕對不能讓沒有天命的人成為王，一旦違背這件事，就等於否定了這個世界。」

斡由輕聲苦笑著。

「當初也是麒麟挑選了梟王，牧伯該不會忘了這件事？」

「那是因為——」

「王是昏君的例子並不在少數，的確會因為失道而失去王位，壓迫百姓的暴政也不可能長久持續——那我想請教一下，為什麼麒麟會挑選昏君為王？」

「卿伯，你在侮辱天命嗎？」

「我只是陳述事實，麒麟代表萬民，挑選出最佳人選為王，既然這樣，為什麼會讓梟王坐上王位？如果真是順應天帝之意的奇蹟，不是一開始就應該讓不會失道的人坐上王位嗎？無論是天命，還是麒麟選王，誰能夠保證麒麟選的王是真正最優秀的？」

「卿伯！」

「雖然各位言必稱天帝，但天帝到底身在何方？還是說諸神會以雷擊懲惡，既然這樣，就不必等麒麟生病，在王偏離正道時就以雷擊斃不是就解決問題了嗎？」

驪媚臉色大變。

「你竟然——口出狂言！」

「既然麒麟會挑選最出色的王，那就讓我見識一下證據。如果有天帝存在，可不可以帶來讓我親眼目睹一下呢？恕我直言，根本不存在天帝，即使真的存在，也根本不需要。如果認為我口出狂言，現在就可以用雷擊懲罰我。」

「——」
幹由口出狂言，驪媚無言以對。他竟然質疑天帝的威信，等於在質疑這個世界的成立基礎。幹由繼續笑著說：
「這裡有一獸，獸挑選了主人，除了主人以外，不遵從任何人。獸是妖力無邊的妖，而且性情穩和，知書達理——如果有前人珍視這種獸不可思議的習性，並心存感謝地將天地之理加諸其身，我也不會感到意外。」
「幹由——你！」
驪媚怒不可遏地站了起來，六太輕輕拍著她的背。
「如果妳尊重麒麟，就不要在我面前動粗。」
驪媚恍然大悟地張大眼睛，羞愧地低下了頭。
「恕臣失禮。」
「嗯。」六太點了點頭，看著幹由說：
「你是說，麒麟選王，讓王坐上王位是一種錯誤嗎？」
「台輔，您確信目前的王絕對就是最優秀的王嗎？」
六太看著幹由銳利的眼神。雖然他知道以自己的立場，必須做出肯定的回答，但他還是說出了真心話。
「……沒有。」六太說完，笑了起來，「但我也無法同意你的意見。我認為也許沒有王，才是最好的解決之道。」

「——沒想到您竟然有如此不同的見解。」
「嗯，但這是我的肺腑之言。」
「台輔。」驪媚驚叫著看著他。
「驪媚，我看到尚隆，知道他是王。看到他的第一眼，就知道了。」
「台輔，既然這樣……」
「我立刻知道，這是會毀滅雁國的王。」
驪媚說不出話。
「尚隆應該會徹底毀掉雁國，但我並不是在評論尚隆這個人，王存在的目的就僅止於此。」
六太說完，又正視著斡由。
「……如果你要求剝奪王的全權，我或許願意助你一臂之力，但你說要把王的全權授予某官，這等於是要求在王之上，設立一個上帝。所以，我會勸你放棄這個念頭。」
斡由瞇起眼睛。
「台輔所言果然出人意料。」
「王有各種權力，但如果不使用，擁有權力也沒用。」
尚隆登基至今二十年，國土終於走向復興之路，但是，國家承受嚴冬之際，只有奸臣沉寂而已嗎？也許王也是如此。至今為止，王之所以沒有欺壓百姓，或許只是因為他行無餘力。

「人民可以當自己的主人，一旦人民將權力上繳，權力就可能欺壓人民。我認為就是這麼一回事。」

斡由微微欠身行禮。

「台輔無法理解下臣之意，深感遺憾。」

「……斡由，我也有同感。」

2

「——六太，你討厭王嗎？」

更夜把餐點送到床榻前時問道，六太輕輕聳了聳肩。驪媚識趣地離開床榻，在屏風後方餵嬰兒吃奶。餵的當然是更夜帶來的山羊奶。

「六太，如果你真的討厭王，我會幫你解決他，因為我喜歡你——不要王比較好嗎？」

更夜探頭看著六太，六太微微倒吸了一口氣。

「……我們並沒有吵架，也沒有交惡。」

「但是你討厭他，對不對？」

「只是覺得他很傷腦筋。他不是壞人，我也不討厭他。我不是討厭尚隆這個人，而是討厭王、將軍或是諸侯之類的。」

「為什麼？」

「因為那些人都不做好事。」

「是喔。」更夜嘀咕著，用小刀削著團茶。「……我覺得都一樣。」

「——啊？」

「因為每個人都一樣，要靠群體生活才能生存。聚集成群後，就希望越來越大。如果住在同一國，就會相互爭地盤、相互競爭。」

「是啊。」

「既然喜歡群聚，當然要選擇強大的群體。什麼是強大的群體？有能力的領導者？還是人數很多，但彼此很團結？所以還是需要一個統率的領導者，而且是很有能力的領導者。」

「也許吧……」

「如果沒有王，人民會自由生存嗎？我認為人民會團結起來，推出一個新的王。」

「更夜，你也希望有一個能幹的領導者嗎？」

「不，」更夜搖了搖頭，「因為我不是人，妖魔不會群聚，所以我身為妖魔之子，也不適合群聚，只是觀察人類後，有這樣的想法。」

「既然這樣，你為什麼會追隨斡由？」

更夜停下正在削茶的手。

「是啊……但不太一樣。因為我是人，所以想要加入群體，但有一半是妖魔，所以無法順利融入群體。斡由在這方面不太計較，即使我有點奇怪，他也不會覺得害怕，也不覺得討厭。」

「你一點也不奇怪啊。」

聽到六太這麼說，更夜笑了起來。

「只有你和斡由會這麼說，斡由是膽識過人，而你不是人類。普通人都會討厭我，當妖魔和我在一起時，就會感到害怕，把我當成是妖魔的同類……如果不是斡由保護我，我早就和陸太一起被殺了。你看！」

更夜捲起長袍的袖子，左手臂上有很深的傷痕。

「這裡被箭射中了，幸虧斡由找人幫我治療，瘍醫說，手臂差一點就廢了。」

六太淡然地看著伸出手臂的更夜。

「……是嗎？對你來說，斡由是救命恩人。」

「嗯。」

「但是，我不希望你和尚隆交戰。如果斡由是你的主子，那我不希望斡由和尚隆交戰。」

「你的心地真的很善良。」

「不是你想的那樣，而是更簡單的道理。我是尚隆的臣子，無論他是怎樣的王，無論他是怎樣的人，我都是他的臣子。斡由是叛賊，無論斡由說什麼，在沒有天命的情況下想要奪取國權，就是大逆不道。對斡由來說，一旦向王提出要求，就等於走上了一條不歸路。一旦事情發生，必有一方會被消滅——不是你和斡由，就是我和尚隆被消滅。」

「……你可不可以逃走呢？」

六太搖了搖頭。

「不可能。」

「為什麼？你不是討厭王嗎？」

「雖然討厭……更夜，你還記得你以前在尋找蓬萊的事嗎？」

「記得啊，在虛海盡頭的東方。」

「我是在蓬萊出生的。」

「是喔。」更夜小聲嘀咕，但他的聲音中已經沒有以前的那份熱切，由此可知，更夜已經對蓬萊的夢幻失去了興趣，但還是基於禮貌問道：

「……蓬萊是怎樣的地方？」

「到處都是戰爭——我也被丟在山上。」

更夜張大眼睛。

「……你也是？」

「嗯，我父親牽著我的手走進山裡，然後就把我丟在山上。當我生命垂危時，使者才終於從蓬山來接我。」

六太在山上失去意識之前，聽到妖獸接近的腳步聲。那是沃飛的腳步聲。

「麒麟不都是在蓬山出生，在蓬山長大的嗎？」

「——對。剛回來那陣子的事，我有點記不清了，只知道變成了獸形，渾渾噩噩地過了一段日子，感覺好像從夢中清醒。」

「原來真的會變成麒麟。」

「嗯，當我清醒時，發現自己在一個陌生的地方，真的嚇壞了，在那裡過著極盡奢侈的生活。我以前的家人為了生存，必須把孩子丟掉，但在蓬山上，不管想吃什麼，都可以從樹枝上採下來吃，要吃多少有多少，穿的衣服、連帷幕都是綾羅綢緞。我不是感到慶幸，反而感到生氣。」

「是喔……」

六太低頭看著自己的手。

「然後她們要求我選王。」

六太清楚記得當他得知自己必須選王時的戰慄。他問仙女，所謂王不就是像應仁之亂時的山名持豐或是細川勝元那些偉人嗎？仙女完全聽不懂他說的話。

「我當時想，開什麼玩笑，我絕對不要。」

「即使你是麒麟？」

六太點了點頭。再小的麒麟也有選王和輔佐王的能力，或許是因為這個原因，所以麒麟都很早熟，也很有智慧。

「我和其他麒麟一樣，也很聰明，所以就更加討厭。而且仙女又告訴我很多更討厭的事，說什麼選王之後，就必須為王工作。」

麒麟一無所有。選王之後，要為王服務，無論地位還是領地，實質上都歸王所有。麒麟雖然擁有選王的權限，但一旦王偏離正道，麒麟就會得到報應而生病。一旦死了，屍骨就會被使令啃食殆盡。之所以有使令，也是為王效命。總而言之，麒麟的身體和命運，所有的一切都是為王而存在。

——我到底為何而生？六太忍不住這麼想。

他很清楚，君主會欺壓百姓，所以他不願意成為幫凶。君主因為自我而挑起戰火，用從百姓身上榨取的血汗錢，讓百姓流血犧牲。君主都很好戰，百姓就像是投入戰火中的柴薪。自己被迫成為幫凶，而且得不到任何好處，最後還得奉上自己的一切。

「我真的覺得開什麼玩笑。回到蓬山的一段時間後，那些昇山者就會上山諂諛天意，但每個人都不是好東西，而且我厭惡選王這件事——所以我逃走了，逃到不需要選王的地方。」

更夜張大眼睛，六太痛苦地笑了笑——他只能苦笑。

當時的六太深陷苦惱。他因為戰火失去了一切，但覺得憎恨那些相互競爭稱霸的人也沒用。他對選王這件事厭惡之至，但以為看到雁國之後，會萌生身為麒麟的自覺，所以央求仙女帶他前往，結果發現國土慘不忍睹，比故鄉的京城更加荒廢殆盡。他覺得世界一片慘然。

「當我親眼目睹那片荒廢後，突然很想念蓬萊。我也搞不懂是因為覺得蓬萊還不至於那麼糟，還是純粹只是厭惡這一切。」

六太決定坦誠面對自己——他逃離蓬山，回到了蓬萊。這是前所未有的事，所以他至今仍然不太敢回蓬山。

「但是，即使回到蓬萊，也整天無所事事，也無家可歸。」

回到京城後，發現那裡完全化為一片焦土，可以從街道的這一端看到另一端。他試著尋找父母，一家人可能逃去了沒有戰火的地方，但也可能並沒有活下來。

他漫無目的，一路向西流浪，碌碌無為地過了三年。雖然帷湍在尚隆登基時責備他拖拖拉拉，但其實真正的原因在於六太。

「我只能整天游手好閒，隨心所欲地四處旅行，結果就遇見了尚隆。」

那是在瀨戶內海旁的一個小國，他經過的每一個國家都戰火紛飛，整天就像現在一樣，因為見了血，所以持續發燒。

「真是傷透了腦筋，我原本只是想到處亂走，但以結果來說，就像是被王吸引而去……不過，我相信即使想逃也逃不了。事到如今，我甚至有點搞不懂到底是因為厭惡選王而逃走，還是因為王在蓬萊，所以我才會回去蓬萊。」

「是喔。」更夜的聲音有點低沉。

「所以，我是尚隆的臣子，我已經認命了，這是無可奈何的事。如果斡由舉兵打仗，你我就會變成敵人。我不想和你，也不想和你的主子打仗，現在還來得及，你去阻止斡由。」

更夜沉默片刻，從他的表情中難以瞭解他在想什麼。片刻之後，更夜開口說的話讓六太大感失望。

「……我做不到。」

「——更夜。」

「斡由清楚地知道自己即將做的事所代表的意義，他是在瞭解的基礎上決定這麼做，我無從阻止他。」

「會造成內亂，會有很多士兵死亡，很多百姓喪生。」

「是啊。」更夜垂眼嘀咕，然而他的臉上沒有表情。

3

——雁國就拜託你了。

蓬山的仙女這麼對他說。仙女也沒有壽命，一旦昇仙，就不會再長歲數。名叫少春的仙女看起來只有十二歲。

——我們家所在的廬被梟王摧毀了，只有幾個大人和幾個小孩倖存而已，但是，僅有的食物無法讓所有人吃飽。所以我去了王母廟發願，祈求讓我成仙。在活下來的小孩子中，我的年紀最大。

祭祀西王母的廟也殘破不堪，她用盡渾身的力氣撐住折斷的柱子，發誓無論遇到任何狀況，死也不離開那根柱子。之後滴水未喝，粒米未進，用顫抖的手腳不眠不休地支撐著柱子兩天，唱了一千次歌頌王母的讚歌，終於見到了來自五山的使者。

——我希望自己能夠對雁國盡一點力，所以現在可以照顧延麒，這也算是我的福報。

——延麒，希望你健康地長大，然後就可以選王了。到時候你就會被稱為延台輔，去雁國以宰輔的身分協助王，真正拯救雁國。

不是這樣的。六太在遠處大喊。

「王能夠拯救國家嗎？真的能夠拯救百姓嗎？」

王只會帶來戰火，把百姓投入火坑中。這才是王的真面目。

「……少春，妳被騙了！如果沒有王，百姓可以慢慢重新站起來。一旦有了王，雁國真的會毀滅，變成沒有人能夠生存的國家。」

——雁國就拜託你了。

「少春，不能讓像我和妳一樣的小孩子繼續在這個國家出生！不能讓王登基！」

他大聲喊叫著，少春的笑臉破碎了，滴滴滑落的淚水溼了她的臉。

少春在哭。麒麟竟然捨棄國家逃走了——還是說，是自己在哭泣？

「——喂，小弟弟。」

六太被人搖醒後終於張開了眼，陽光剛好照進他的眼睛，他的腦海一片空白。

「你清醒了嗎？睡醒了？」

帶著魚腥味的粗糙大手搖著六太，他張開了眼睛。不遠處有一棟小屋，幾個人探頭看著六太。

「好險啊，」搖醒六太的那個有點年紀的男人吐了一口氣，「剛才不管怎麼叫你、打你，你都沒有睜開眼，還以為你死了呢。」

他鬆了一口氣地說完，回頭對著背後吆喝道：

「少主，他醒了，還活著。」

滿地的血腥味讓六太暈眩，再加上正在發燒，又走累了，他隱約記得自己睡在海邊的岩石上，但之後完全沒有記憶。他用力吸了一口氣，聞到了海水的味道，但沒有血腥味，這裡吹的風很清爽。

「喂。」男人輕輕拍著六太的臉頰。

「你要謝謝少主，是少主把你撿回來的。」

六太順著男人視線的方向望去，一個身材高大的男人坐在小屋前的石頭上。

「他沒死嗎？」男人說完，抬頭看著六太。六太看到他的笑臉，背上起了雞皮疙瘩。不是因為寒冷，也不是因為害怕，而是高興得起了雞皮疙瘩。
——到時候你就會知道什麼是天啟。即使年紀再小的麒麟，也有選王的能力。
離開京城後，他隨心所欲地四處流浪。原本走向曾經是父母故鄉的東方，但很快就感到鬱悶，不想再繼續走下去。回頭一看，發現西方似乎比較亮，於是，他漫無目的地走在荒廢的山野尋找陽光，一路往西，最後來到海邊的城市。
「你從哪裡來？」
男人站起身後，蹲在已經坐起的六太身旁。
——太高興了，高興得快哭了。
「你一個人嗎？和家人走失了嗎？」
「……你是誰？」
「我是小松家的兒子。」
——我不小心知道了。六太閉上了眼睛。
眼前這個人是王。
這個男人是摧毀雁州國的王。
男人名叫小松三郎尚隆，是這片面海國家的人，聽那些漁夫說，他是小松家的第三代，小松家的兒子和城下的漁夫們都很熟。
「他有辦法繼承家業嗎？雖然他人不壞，只是常常不按牌理出牌。」

把六太帶回家照顧的漁夫說。

「但搞不好他是晚成的大器。」

「是喔……」

六太沒有聽到任何人對尚隆有良好的評價，每個人都笑著說他的壞話，雖然他沒有受到眾人的愛戴，但大家和他很親近，也許是因為尚隆頻繁出入城下的關係。不知道他是否在城內無事可做，幾乎每天都一身輕裝來到城下，陪小孩子玩，招惹女孩子，或是和一群年輕人耍木刀，也會像漁夫一樣出海。

「其實你是個大人物吧？」

那天尚隆去船釣，六太也跟隨前往時問道。在六太臥床不起期間，他不時去探視，但並不是特別在意六太，而是因為漁夫家有一個漂亮的年輕寡婦，所以可能是找藉口去看她。六太想要無視他，卻無法做到。當他回過神時，發現自己就像跟班一樣，整天跟在尚隆的身後。

「大人物嗎？」

尚隆笑了起來。他丟進海裡的釣魚線從剛才就完全沒動靜。

「不管怎麼說，你早晚會成為一國一城之主吧？」

小松城位在海邊的山丘上，尚隆家的大宅就在那裡。面向海灣一帶形成了一片小鎮，海灣前方的小島上建造了牢固的支城。海灣一帶和可以眺望海灣的山地，以及附近的島嶼都是小松家的領地。

「稱為一國太令人汗顏了。」

尚隆苦笑著說。

「小松家原本是以瀨戶內海為根據地的海盜。聽說是平氏的後裔在源平之戰時奉命成立的水軍，我猜想不是這麼一回事，應該是成為漁夫的地侍嶄露頭角而成為領主吧。」

「喔……」

「我的祖父野心勃勃，威脅各地的地侍，納入自己的麾下，雖然成為了領主，但還是得向諸侯巴結奉承才能生存，當時應該和諸侯訂了契約，一旦發生戰況，就以水軍應戰，大內才勉強默認他擁有自己的領地。我大哥在大內當官，在應仁文明大亂之際去京城死了，二哥去了河野，想要搶奪一座島嶼，以慰祖父在天之靈，沒想到反而被殺了，所以只能由我這個腦袋空空的人繼承家業。」

「城下的人真慘。」

尚隆放聲大笑起來。

「沒錯。」

「你沒有老婆、孩子嗎？」

「有啊，我老婆是大內家的遠親——正確地說，是硬塞給我的。」

「對方是好人嗎？」

「不清楚。因為很少見面，所以不知道。」

「啊？」

「她似乎不滿意我們是海盜的家世，新婚之夜，我準備去臥房時，被兩個老太婆擋在門外，堅持不讓我進去。我覺得很荒唐，之後再也沒去過，但她居然生了孩子，太奇妙了。」

「喂，等一下。」

雖然地侍送來幾個女人當他的側室，但因為有妻女那件事，所以他根本不想去找她們——他毫不避諱地對六太這種外人說這些事。

「你不會感到寂寞嗎？」

「沒有特別的不滿，只要去鎮上，就可以找妓女玩，比起那些背負著家族和恩義，一臉悲壯的女人，那些嚷嚷著『少主』，熱鬧地陪我玩的女人開心多了。」

六太嘆了一口氣。

「其實你是一個超級笨蛋吧？」

「大家都這麼說，你也看出來了嗎？」

六太不知道他到底是笨蛋還是心胸開闊，只知道他並不適合亂世。這個男人不知道外面世界的狀況嗎？都城都化為灰燼，戰火不斷，國力衰退，各地領主、村長四起，如今所到之處，都可以聞到血腥味。雖然這個國家仍然和平，但他以為這種和平會永遠持續嗎？

「搞不好你在和女人享受魚水之歡時，國家就滅亡了。」

「嗯，很有可能，所謂盛者必衰。」
「領地的百姓會很困擾，一旦發生戰爭，生活會陷入困苦。」
尚隆哈哈大笑起來。
「那就避免發生戰爭啊，如果小早川打來，就舉手投降，成為小早川的子民；如果尼子打過來，就成為尼子的子民；河野打來，就向河野屈服，完全沒有問題啊。」
六太目瞪口呆。
「我知道了，你真的是笨蛋。」
尚隆放聲大笑。
雖然六太發自內心感到錯愕，卻無法下定決心離開。
——絕對不能讓這個男人成為王。
雖然他很清楚這件事。

4

「——找到了。」
聽到衝進房間的下官叫聲，上官的朱衡，還有帷湍、成笙，以及延王都愣了一下。

這是位在後宮內，王賜予朱衡的房間，王出現在這裡——後宮原本就是為王后、寵妃而建——並不意外，但這是朱衡平時執行祕密工作所用的房間，所以沒想到王竟然也在這裡。

朱衡回頭問：

「——找到了？該不會是元州？」

「呃，是的。」

下官慌忙向王磕首，朱衡對他揮了揮手，示意他站起來。

「不必在意，他只是擺設而已，你先報告情況。」

「喔，好——元州夏官射士中，有一個叫駁更夜的，更夜為名，無字。」

「辛苦了。」

朱衡揮了揮手，示意他退下。雖然想要犒賞，但現在無暇顧及這種事。目送下官一臉驚魂未定的表情離開，朱衡轉向正探頭看著桌上的帷湍和成笙，但完全無視一派悠然躺在長椅上的尚隆。

「果然是元州嗎？目前也無法和驪媚，以及元三公以外的國遺官員取得聯絡——那個叫更夜的顯然是斡由的爪牙。」

帷湍點了點頭，面色凝重地看著手上的紙。

「不知道台輔在哪裡認識了他——成笙，元州師的人數有多少？」

「一軍，但是黑備左軍，總共一萬兩千五百人。」

六太失蹤至今三天，既然綁匪使出綁架宰輔的手段，代表已經做好了萬全的準備。

「真麻煩啊。」

帷湍對著桌上的那張紙左看右看。王所掌握的王師目前有禁軍一軍和靖州師一軍，士兵的人數分別為七千五百人和五千，兩方相加，也和元州師的人數不相上下。原本王師應有六軍，每軍有一萬兩千五百名士兵，但因為雁國目前人口太少，所以造成王師人數不足。

「這是虛張聲勢吧？」

尚隆自言自語，但沒人理會他。

「最多只能達到七千五百人的黃備規模，再向民間徵兵，應該可以湊到一萬……」

王直屬的禁軍分為左、右、中三軍，稱為黑備，各軍都有一萬兩千五百名專業士兵。如果無法湊足兵力，就會依次降低為白備一萬人、黃備七千五百人的規模。宰輔治理的首都州師通常都維持黑備規模，其他八州——也稱為余州——的州師都是七千五百人的黃備規模，如果需要緊急動員兵力時，就向民間募兵，補足剩餘五千兵力。如果遇到十萬火急的狀況時，就直接徵召。州師的兵力以二軍到四軍不等，太綱禁止王師或州師擁有更多兵力。侵略他國是立時之罪，是會導致麒麟和王在數日之內暴斃的滔天大罪，所以，只有在內亂之際可以動用軍隊，軍備也控制在僅止於弭平內憂的最小限度。

州師四軍分別為左、右、中軍再加上佐軍，佐軍通常是只有兩千五百常備兵的規模，元州本來有四軍，但目前尚缺右、中、佐三軍，只有左軍一軍而已。

尚隆看著雲海。照理說，王師六軍應該有七萬五千名常備軍兵，各州師最多只有四軍，合計三萬人，所以州侯的叛亂根本不是問題。相反地，如果八州聯合，最少也有十二萬兵力，如果王失道，各州認為繼續坐在王位上對國家有危險，集結八州師向王討伐——但是，如今國民人數不足，王師和州師的人數也嚴重不足。原本應該有三百萬成年國民，在尚隆即位時只剩下三十萬，令他忍不住大笑。即使曾經流亡他國的國民返鄉，幼童逐漸成年，最多也只增加了一倍的人數。王師能夠有一萬兩千五百名兵力已經令人感到不可思議。

「左軍不可能有黑備的規模……」

尚隆聽到帷湍強調這一點。

「我希望可以有明確的證據顯示的確是元州，不能因為有名叫更夜的臣子就貿然出動王師。」

「但現在不是要分秒必爭嗎？萬一台輔有什麼三長兩短……」

「臣請求準備出動王師。」

聽到成笙這麼說，尚隆立刻站了起來，朱衡見狀馬上問：「主上要去哪裡？」

「——這裡不需要我，我要去睡覺。」

「主上！」朱衡嘆了一口氣後笑了笑，尚隆快步走出房間，走到門口時，好像突然想起了什麼而停下腳步。

「啊，對了，要下一道敕命，罷黜六官三公。」

朱衡和帷湍大驚失色。

「你在想什麼啊？目前的時機適合做這種事嗎？」

帷湍臉色大變地說。在目前可能爆發內亂的時期，怎麼可以調動眾官呢？光是挑選新的人選，封予官位就是一大工程，而且還可能引發爭官奪位的內鬥。

即使帷湍苦苦相勸，尚隆仍然充耳不聞。

「我看膩了那些人的臉——成笙，通知冢宰，明天召集朝議。」

「你瘋了嗎？」

成笙的語氣中充滿了責備，但尚隆完全聽不進去。

「我才是王啊，我想怎麼樣就怎麼樣。」

尚隆不理會帷湍等人對他破口大罵，走出後宮，對小臣咬耳朵說：

「——備坐騎。」

「主上。」

「我只是出門散步一下。」

這名小臣叫毛旋，他深深地嘆了一口氣。

「每次都這樣——如果被大僕知道我在暗中相助，會被他掐死。」

「到時候我一定追封你侯位。」

「人都死了，再封我侯位也高興不起來。」

「那就破例封個公位。」

「開什麼玩笑——我會為您備坐騎，但也要隨侍在側。」

「別開玩笑了。」

毛旋一臉驚訝。

「您不知道現在的局勢嗎？真是的。」

「正因為目前是這樣局勢，所以才有很多事要忙啊。」

「請您務必馬上回來，我不能老是推說，不知您的去向，會被大僕降職。」

尚隆笑著說。

「到時候我會幫你啦。」

第五章

1

在宰輔六太失蹤的十天後，元州派了使者前來朝覲。

「喔，元州嗎？」

尚隆在朝議時，假裝傾聽官吏的抱怨。他罷黜了六官，六官的次官幾乎都是他們栽培的下屬，所以那些次官紛紛抗議為什麼要罷黜六官。

來得早不如來得巧。尚隆立刻吩咐帶使者進來。不一會兒，進來一個年約五十，一身禮裝的男人。他跪行到龍椅前，深深地磕頭。

「你是從元州來的？」

尚隆問，使者額頭叩地回答。

「稟報主上，小官是元州州宰院白澤。」

「州宰來此所為何事？」

白澤從懷裡拿出一份奏章，舉到仍然叩地的頭上。

「這是我州令尹上奏的奏疏。」

「你抬起頭。我懶得看，你有話直說無妨。」

「遵命。」白澤抬起留著花白鬍子的臉，「恕臣僭越，台輔延麒目前正滯留元州。」

眾官都倒吸了一口氣。

「所以？」

「懇請主上在王位之上設立上帝位，由臣等的主君元伯就任此位。」

斡由本姓為接，氏元，名為祐。

「原來如此，斡由想要的不是王位，而是上帝位——他想得真美啊。」

「元伯絕無蔑視主上之意，主上仍有王位的威信，只是將實權讓給元伯。」

「那可以封他為冢宰。」

「恕臣冒犯，但冢宰仍是王的下臣——」

「所以他非要在王之上嗎？」

「分別為名義上的王和實務的王，兩王就不會導致國政混亂。主上將實權交由某位賢士，就可在離宮欣賞百花爭豔，在庭園享受風雅詩情。」

尚隆大笑起來。

「原來如此，只要讓斡由坐上上帝位，我就可以在美女如雲的鄉下安逸度日。」

白澤深深地磕頭。

「——你去轉告斡由。」

「是。」

「我還不至於寬宏大量到願意把自己的東西拱手讓人。」

「主上！」有官吏叫了一聲，尚隆揮了揮手，制止他說話。

「你告訴斡由，把延麒交還給我，我會寬大為懷，讓他自刎了斷。如果繼續以延麒做為要挾，我必定會捉拿他，以叛賊之名砍頭。」
白澤停頓片刻，深深地磕頭。
「——臣領旨。」
尚隆站了起來，握住掛在腰上的長刀。在朝議時，只有王和護衛官可以帶武器上朝。
「……白澤啊，你覺得自己可以活著回元州嗎？」
白澤仍然磕著頭，不敢抬起臉，但可以清楚地聽到他回答：「臣不敢奢望。」
「是斡由命令身為州宰的你來當使者嗎？」
「是臣主動要求，因為深知無法歸城，所以不能讓前途無量的年輕人前來。」
「遇到這種事，通常都會砍下使者的頭丟向元州城吧。」
「臣已交代後事。」
尚隆單腿跪在白澤面前，用拔出的長刀刀鋒挑起白澤的下巴，讓他抬起頭。
「你知道叛賊的下場吧？」
「臣知道。」
白澤的眼神堅定，尚隆不禁感嘆地露出苦笑。
「——你真有膽識，殺你太可惜了。你願不願意來國府仕宦？」
「小臣的主君是元伯。」
「王才是百官之主。」

「元州侯賜微臣官位，元州侯是梟王任命的，因此並非主上任命的官位，還是主上願意信任元州侯，之後可以永保侯位？」

「原來如此，」尚隆苦笑著收起了長刀，「你說的似乎頗有道理。」

白澤行了一禮。

「只要是主君之命，即使謀反也拔刀相助嗎？既然你是州宰，不是應該勸戒令尹的短視嗎？」

「元伯也有不得不為的理由，請主上體察元伯甘冒叛賊汙名的苦衷。」

「首先，斡由並非州侯，所以不應是你們的主君，只因為他是州侯的兒子？雁國似乎並無尊崇血統的習俗。」

「州侯已不理政務，全權交由元伯，敝州的眾官也已接受，認為元伯足以成為主君，也奉元伯為主。」

「所以是實質的州侯嗎？他這是雙重篡位。州侯由王任命，即使州內眾官同意，也由不得你們擅自決定。不僅如此，如今他還覬覦王位。」

「──無論主上說什麼，元州心意已堅。」

「……原來如此。」

尚隆站了起來，輕輕揮了揮手。

「你可以回去了，把我的回覆轉告斡由。」

「主上讓臣回去嗎？」

「需要有人傳達我的回覆啊，你回去轉告他說，他變成了叛賊。」
「……臣遵旨。」
「如果有轉圜餘地，我不希望打仗。如果你願意，不妨向斡由進言，希望他懸崖勒馬。」
「如果臣願意？」
白澤第一次正視尚隆，尚隆笑著迎接他的目光。
「據說這個世界有天意存在，如果我真的是有天命的王，謀反不可能成功，如果你們想試探天意，那就悉聽尊便。」
「原來主上相信天命的威力。」
「這不是相不相信的問題，」尚隆苦笑著說：「既然我坐在龍椅上，就不可能懷疑天意。如果我說沒有天意，那你們這些向我磕頭的臣子不是沒了立場嗎？」
「主上……所言甚是。」
「一旦發生內亂，對任何人都是困擾，但我基於自身的立場，不得不向踐踏天命前來挑釁的人迎戰。」
尚隆說完，看向露出五味雜陳各種不同表情的眾官。
「派人送州宰到靖州外，我可不想特地派一名回覆的使者，結果死在斡由的手中。誰敢對州宰不利，就派他去州侯城當使者。」

2

帷湍大步走進主上的居室，一看到悠然躺在床榻上的主人，忍不住大發雷霆。

「——你這個——笨蛋！」

尚隆這才發現帷湍進屋，微微坐起身體偏著頭納悶。帷湍面色凝重，跟在他身後的朱衡，和請他們進來的成笙也眉頭深鎖。

「……發生什麼事了？為什麼突然發脾氣？」

「元州不是派使者來了嗎？」

「對啊，還特地派州宰來當使節。」

「聽說斡由要求當上帝？你一句話就把人家打發了？」

尚隆眨了眨眼睛。

「總不能順他的意，讓他當上帝吧？」

「你腦袋有問題嗎！為什麼不拖延時間，你可以說要和眾官商量，爭取一點時間，不是可以攻其不備，籠絡對方嗎？無論調查內情或是募兵都需要時間，你難道不知道嗎？」

帷湍怒目相向，尚隆笑著對他說：

「——別著急，總會有辦法的。」

「唉，你這個昏君！這個世界不是以你為中心運轉！」

帷湍怒氣沖沖，應該說是怒不可遏。元州師有一萬兩千五百名士兵，王師的士兵人數也相同。如果準備迎戰，至少要募到相當於元州師兩倍的人數，最好能夠達到三倍。即使頒令徵兵，這麼龐大的人數無法在一、兩天內徵到，而且，並不是只要徵到士兵就能解決問題，還必須教導士兵使用武器的方法，學習軍隊的紀律，需要相當長一段時間才能勉強成軍。徒步前往元州耗時一個月，遠征期間的兵糧籌措也是很大的問題，運輸兵糧的車輛數量也嚴重不足。

尚隆很不以為然地看著帷湍。

「……全天下應該只有你會對著自國的王這樣破口大罵。」

「你哪裡像王啊！如果不想被罵，就搞清楚自己的立場！」

「反正我並不在意你罵我啊。」

帷湍垂頭喪氣。

「……我終於知道，無論對你說什麼都是對牛彈琴。」

「你現在才知道嗎？」

帷湍不理會尚隆，回頭看著身後的朋友。

「總之，要出動王師，雖然勉強湊到一萬兩千五百人，目前也只能派這些人去元州了。」

尚隆不加思索地打斷了帷湍的話。

「這可不行。」

「為什麼？」

「六太不在。要出動靖州的州師，必須徵得六太的同意，但他現在無法回答。」

「你聽過非常時期這幾個字嗎？」

「問題是，這是規定啊。」

「我們現在就是要去救台輔啊！台輔遭人綁架，要怎麼請求他的裁示，你的腦袋有問題嗎？」

「應該沒辦法得到他的裁示，所以就別打州師的主意了。」

帷湍真的感到暈眩。

「……你到底知不知道？元州的黑備左軍已經做好了準備。」

「我當然知道啊——啊，我要撤換光州州侯。」

帷湍張大了眼睛。光州是位在首都州靖州西北方的大州，光州的南部剛好位在元州和靖州之間。

「你知道現在是什麼時候嗎？」

「我當然知道——更換州侯，由光州令尹任太師，州宰任太宰，州六官任六官長，派遣敕使，召請他們來關弓。成笙！」

「遵命。」成笙站直了身體。

「我命你任禁軍左軍將軍，率領左軍前往元州頑朴，包圍頑朴城。」

成笙微微欠身，表示瞭解。帷湍大聲咆哮：

「你想幹什麼？就不能聽別人說話嗎！」

帷湍幾乎快要撲上去了，但尚隆的反應很冷淡。

「就這麼決定了，這是敕命。」

「任命成笙為將軍沒問題，但派七千五百名士兵去有什麼用？州侯城沒這麼容易打下來，這段期間的兵糧怎麼辦？你打算怎麼指揮兵力？」

「我問你，我是不是王？」

「很遺憾，你的確是。」

「既然這樣，我下敕命需要一一向你解釋嗎？」

帷湍瞪著尚隆。

「我不能坐視昏君的心血來潮讓國家滅亡。」

「真是夠了。」尚隆小聲嘀咕著坐了起來，輕輕拍著桌子。「首先，你要知道一件事，雁國八州的州侯並非我的臣子。」

帷湍倒吸了一口氣。州侯的確是梟王任命的，但沒想到他如此斷言。

「關弓不能唱空城計，如果王師全數出動，一定會有人趁虛而入。」

「但是……」

「先聽我說完。元州挾持六太，似乎打算把六太當王牌要脅我。既然這樣，元州就不必千辛萬苦地派兵來關弓，事實上，他們從關弓買了大量武器，但並未聽說他們購買馬匹和車輛，所以他們無意進攻關弓，至少近期沒有這個打算——這是第一點。」
帷湍點了點頭。
「但是，我方不能按兵不動，等待元州上門，因為六太在他們手上。既然他們不來攻擊，就得由我方發動攻擊。元州左軍有一萬兩千五百人，王師的禁軍和靖州師總計也是一萬兩千五百人，先不考慮地利的問題，形勢就對我方不利，無論如何，都需要全軍出動。」
「所以我剛才就這麼說啊。」
「假設以全軍包圍頑朴，攻打州侯城。元州一定會採取守城戰，戰況就會陷入膠著，無法在一朝一夕解決——誰都可以預料到這種情況，元州當然也瞭解，所以，下一步元州會出什麼招？」
「下一步——」
尚隆巡視在場的其他人，朱衡開了口。
「應該會聯合關弓附近的州侯攻打關弓——他們恐怕已經暗中完成了交易。」
「沒錯，所以絕對不能讓關弓唱空城計。必須留下州師，放出元州謀反的風聲，從附近招募士兵。」
「但這樣能夠撐下去嗎？」
「一定要撐下去。不需要用劍，也不需要用槍，總之，要召集大量百姓留在關弓，周邊州侯的軍隊都沒有超過一萬人，如果有三萬名武裝的百姓留在關弓，就不可能有人願意為別人的地位賭上自己的前途。」
帷湍悵然地問：
「萬一有呢？」
「那就只能怪運氣不好了。」
「我說你啊……」
「你不要誤會，我方已經無路可退了。一旦六太被殺，我就會失去王位。和我關係良好的你們也會失去官位。」
帷湍一時說不出話，朱衡小聲地問：
「問題是能夠動員到多少百姓……」
「即使說謊也要努力動員啊。」
「說謊——」
「台輔才十三歲，不，乾脆說他只有十歲好了。可以編一些年幼的台輔多麼重情義的逸事，然後盡可能多找些人，讓他們到處去宣揚，一把眼淚，一把鼻涕地哭著說，台輔被元州抓走了，很可憐，讓人於心不忍。也可以順便宣揚一下王是何等賢君，多麼優秀。」
在場的另外三個人都聽得目瞪口呆，尚隆帶著苦笑看著他們。
「……萬民不是祈求新王登基嗎？如今新王的王位不保，國家就會面臨荒廢，好不容易出現綠意的山野又會遭到妖魔肆虐，成為一片荒土。百姓不是都希望新王是賢君，國家在賢帝的帶領下走向復興之路嗎？沒有任何人會希望新王是愚君，即使說謊也沒關係，姑且讓百姓相信是賢君——然後妥善利用這一點。」

「比起當王，你更適合當騙子。」

「目前只能靠操作民意啊，能夠召集越多士兵，關弓就越安全。即使是讓人面紅耳赤的謊言，也要照說不誤。」

「但是……」帷湍嘀咕著，朱衡搶先開了口。

「重點是攻打元州，那裡該怎麼辦？」

「交給成笙，無論如何，都要用七千五百名禁軍包圍州侯城。」

「但對方有黑備左軍啊……」

尚隆冷笑了一下。

「沒那麼多，靠強制徵來的市民，以及從州內各地找來的遊民，才勉強湊到一萬而已。」

「你不要憑空斷定。」

「我可沒說謊，而且我還是兩司馬，我只不過小試牛刀，他們立刻讓我當了小官，元州軍只是那種程度的軍隊而已。」

朱衡和成笙互看了一眼，帷湍隔著桌子，探出身體看著尚隆的臉。

「……等一下？你嗎？是元州軍的兩司馬？兩司馬不是兩長嗎？」

一軍由五師五旅五卒四兩五伍組成，一伍有五名士兵，一兩就有五伍總計二十五名士兵。

「我在頑朴玩樂，有人來問我想不想加入州師，只要殺五十個王師的士兵就可以當卒長，殺兩百個可以當旅帥。如果可以取得討伐軍將軍的首級，就可以晉升禁軍左將軍，如果可以砍下王的腦袋，就可以當大司馬，但我當大司馬恐怕無望了。」

帷湍驚訝不已。

「我真是驚訝得快流淚了……」

朱衡也深深嘆著氣。

「之前不是已經懇請主上不要再做這種像間諜一樣的事嗎？」

「但不是派上用場了嗎？你們就睜一隻眼，閉一隻眼吧。」

「——但是，一旦展開攻城戰，無法在一朝一夕結束，如果台輔在這段期間有什麼三長兩短……」

「只能祈禱不會發生這種事。」

「但是，如果台輔發生意外，將禍及主上，至少——」

「朱衡！」

尚隆正視著臣子。

「難道為了六太的性命，接受斡由的要求嗎？」

朱衡答不上來。

「在這個國家，由麒麟選王，國家也是建立在這個事理的基礎上。若有奸臣違背事理，哪怕只有一例，國家就無法健全，所以絕不容許有任何邪惡的前例。難道不是嗎？」

「主上所言甚是——」

「要選擇國家？還是選擇王？」

朱衡說不出話。一旦斡由殺害六太，眼前的王也會死去，這是天帝決定的。一旦戰爭局勢對王有利，斡由很可能狗急跳牆，殺了麒麟。如果為了保住眼前的王，他很想勸說王接受斡由的要求，但他做不到。

「一旦向斡由屈服，就會動搖國家的基礎，你能接受嗎？」

尚隆看到無言以對的朱衡苦笑著。

「如果我運氣好，應該可以度過難關。」

3

迎面吹來的風中帶著水氣。六太站在頑朴山半山腰那片削平岩石所建的露臺上，眺望著下方元州頑朴的街道。

「……快下雨了，到頭來還是無法及時治理漉水。」

接下來將會展開一場漫長的戰爭，在戰爭結束之前，雨季就會到來。元州和其他黑海沿岸地區在雨季時，降雨量並不至於太驚人，只是上游地區所下的豪雨累積的水量將會流入。

「這也沒辦法啊。」

更夜嘟囔著，也靠在欄杆上看著下方。蛇行的漉水河面反射著微光，對住在漉水流域的人來說，漉水始終是一個威脅，因為河水不知道何時會暴漲。去年並未造成嚴重災情，今年或許也可以躲過一劫，但是明年呢？沒有淹水的幸運年持續越久，民眾內心的不安也逐漸膨脹。在河水氾濫之前，元州的民眾已經充滿恐懼。

「既然決定要做，應該更早採取行動啊。」

六太幽幽地說，更夜苦笑起來。

「什麼時候採取行動都一樣，因為戰爭比水患更麻煩。」

「那倒是。」

「事實上，」更夜將原本看著下界的視線移到六太身上，「卿伯原本打算更早舉兵行動，但即使打到關弓，也沒有勝算，所以很希望把王師引到這裡開戰，只是苦於找不到好方法，所以我就向他提了關於你的事，說我認識你，他就叫我把你帶來——你聽了會生氣嗎？」

更夜以為六太早就忘了他，但只要堅持求見，應該可以見到，運氣好的話，或許可以帶到頑朴——六太的護衛應該很嚴密，如果運氣不好，可能再也回不了頑朴了。

——斡由聽到更夜這麼說，向他傳授了計謀。即使這種方法違背了正道，也勝過失去射士。

「我不會生氣。」六太搖了搖頭。

「利用一切可利用的資源不是世間的常理嗎——我真的不用回牢裡嗎？」

「如果整天關在牢裡不是很悶嗎？你是很順從的俘虜，卿伯說可以讓你自由行動。」

「是喔，他真好心。」

「嗯。」更夜開心地笑了起來。

「他很感激你認真聽他的意見，所以可能因為這個原因禮遇你吧……但只要你出城一步，繩子就會斷。」

六太抬起雙眼，但即使向上看，也看不到綁在額頭上的白石。

「我知道。」

更夜輕聲笑了起來。

「當麒麟還真不方便，只因為有兩個人質，就被困住了。」

「不止兩個人吧？」

「是啊，」更夜笑了起來，「還有驪媚的下屬和其他人，只要你輕舉妄動，其他人就都沒命了。」

「至少先放了他們？」

「你覺得可能嗎？」

「如果要人質，一個人就夠了，就算驪媚倒楣吧，但不能先釋放其他人和那個嬰兒嗎？即使這樣，我也不會逃走。」

「我可以轉告卿伯，但恐怕他不會答應，卿伯不是濫好人，不可能釋放瞭解內情的敵人。」

「……我想也是。」

六太深深地嘆了一口氣，這時，斡由剛好來到露臺，他看到六太後停下腳步作揖，對更夜笑了笑。

「——原來你們在這裡。王師似乎有了行動，比我想像中更早。」

六太張大眼睛看著他。

「……軍隊會打來嗎？」

「是的，台輔。只有七千五百名禁軍，近日就會從關弓出發。」

「……能打贏嗎？」

「您是問哪一方？」

斡由笑了起來。六太無法理解他為什麼笑得出來。

「如果您問的是王師能否打贏，恐怕沒那麼簡單。如果您問我們是否會贏，我們會盡力而為。」

「為什麼？」六太小聲地問：「為什麼你和尚隆都想要打仗？打仗只會徒增混亂而已。你剛才很輕鬆地說了七千五百這個數字，你知道這個數字所代表的意義嗎？那不是物品的數量，而是生命的數量，是有家人、也有感情的百姓組成的軍隊。」
斡由委婉地笑了笑。
「臣知道，但台輔您知道一旦漉水氾濫，會造成多少百姓喪生嗎？如果為了避免萬民死於明日，今日必須殺千，臣會選擇後者。」
「你們——你和尚隆都說同樣的話……」
「六太，」更夜把手放在他的肩上，「這也是無可奈何的事，既然已經啟動了，就只有一個方法可以停止一切。那就是卿伯投降謝罪。六太，難道你要叫卿伯去死嗎？」
「更夜……你這麼說太卑鄙了。」
「但我說的是實話，如果要求卿伯收兵，就等於叫他去死。還是你認為如果千兵可以免於一死，卿伯去死也無所謂嗎？如果你這麼認為，又和卿伯剛才說的話有什麼兩樣？」
六太轉過身，雙手架在欄杆上，把臉埋進手中。
「……你們不瞭解，你們這些聞到血腥味也無動於衷的人無法瞭解。」
更夜再度把手放在他肩上。
「只要王答應卿伯的要求就解決了，即使卿伯成為上帝，也不會濫用權力處罰王。」
「你還真敢說……」

「因為在你被元州抓到的同時，就沒有其他方法可以避開戰亂。」

六太驚訝地抬起頭，轉頭看到更夜臉上充滿同情的表情。

「如果你討厭戰爭，在關弓時就應該讓使令殺了我，不顧嬰兒的死活逃走。因為一旦抓到了你，卿伯就沒有退路了。」

六太低下了頭。他說的是事實——但是，他無法眼睜睜地看著嬰兒死在自己眼前。

「麒麟真可憐，整天憐憫別人，自己恐怕會撐不住吧？在王的身邊擔任宰輔應該很痛苦吧？只要把一切交給斡由，你就可以輕鬆了，怎麼樣？」

更夜拉著六太的手。

「我也不希望打仗，只要王把帝位讓給卿伯就好，六太，你要不要寫信告訴王？」

「我可以寫，但尚隆不可能聽從。」

「——是嗎？」

「尚隆絕對不可能放棄王位，因為他真的很想要一個國家。他不是無欲無求的人，不可能放棄好不容易得到的東西。」

六太看著斡由。

「即使最後只剩下尚隆一個人，他也會奮戰到底。你和尚隆必須有一個人低頭，尚隆死也不可能低頭。」

斡由露出陰沉的笑容。

「台輔，臣也是。」

幹由看著下界喃喃地說：

「王想要一個國家嗎？還是想要成為一國之君？」

「你不也一樣嗎？」

「臣對權力沒有興趣。梟王駕崩後，臣也沒有昇山。雖然眾官大力推舉，但臣對王位沒興趣。」

「既然這樣，為什麼？」

「臣只希望百姓富足，但應該為百姓著想的王完全不顧百姓，台輔，您知道雁國的國民有多麼期待新王嗎？」

「這——」

「百姓都以為一旦新王踐祚，國家就會改變，沒想到新王一手掌握所有權力，卻疏於政務。連如此受到期待的王亦是如此——就必須有人為了百姓站起來。」

「所以是你嗎？」

六太語帶挖苦地問，幹由輕輕搖頭。

「只要有真正適合治理國家的賢士，臣隨時可以讓賢。臣剛才已經說了，臣對權力沒有興趣。」

幹由說完，走到露臺邊緣看著下界。

「原來王只是想坐在王位上……難怪不把政務放在眼裡。」

「斡由，我說的不是這個意思。」

斡由搖了搖頭，轉頭看著他，微微鞠躬說：

「臣能夠體會台輔內心的痛苦，無言表達內心的歉意，如果臣運氣好，順利打敗王師，必定以仁治來彌補此次不德之舉。」

4

六太無力地走回牢房，驪媚正在哄嬰兒。

「啊啊——您回來了。」

「嗯……」

聽到六太說話無精打采，驪媚微微偏著頭。

「發生什麼事了？」

「驪媚，」六太坐在椅子上，「想要一個國家，就是想要王位嗎？」

「——啊？」

六太搖了搖頭。

「啊——不對，我不知道該怎麼說。」

「您怎麼了？」

「尚隆曾經說，他想要國家，但並沒有說想要當王，或是登基，只說想要國家——我當時覺得他應該不是想要當王，或是想要站在萬人之上，所以把王位交給了尚隆。」

「……台輔。」

「難道是我錯了嗎？」

「台輔，到底……？」

六太鑽到床上。

「對不起，我說了這些無聊的話。」

——那個小國空氣很清新。從血債血還的世界、他處戰場飄來的血腥味和屍臭味，也都被海上吹來的風帶走了。

所以，在城下的那些人中，六太最先發現了異變。海上吹來的風中帶著血腥味，他察覺到不安的氣息，持續觀察海面三天，終於看到屍體打上了岸。那是城下一名漁夫的屍體。

「——發生什麼事了？你應該知道吧？」

六太問在港邊垂釣的尚隆。

「你知道村上家嗎？」

「不知道。」

「和小松家一樣，是在對岸紮寨的海盜後裔，原本侍奉河野家，但河野家在應仁文明之亂後疏於管束，好像是他們開始有了動作。」

六太張大了眼睛問：

「沒問題嗎？」

「不知道。村上家應該覬覦小松國，如果勢力範圍能夠從對岸擴展到這裡，等於在瀨戶內海建了要塞，我猜想不久之後就會打過來。」

「你會逃吧？你之前說過。」

尚隆苦笑著說：

「我之前曾經對父親說，乾脆投靠村上家，但不知道他會不會聽我的話，畢竟他是個高傲矜持的人。」

「……城下也會變成戰場嗎？」

尚隆放聲大笑起來。

「應該吧，因為這是我們唯一的領土，如果有足夠的領地可以後退也就罷了，但小松家的領地只有巴掌大。小松家姑且也算是水軍，但對方是赫赫有名的因島水軍，不知道能夠抵抗多久。而且村上三家很團結，一旦戰況不利，能島和來島也會派軍趕來支援。」

六太聽著尚隆用好像在開示般的淡然語氣說這些事，忍不住打量他的臉。

「你好像說得事不關己。」

「即使手忙腳亂也解決不了問題，之前仰賴的大內家也漸漸退往周防一帶，即使勉強擊退村上家的攻勢，小早川家恐怕會趁虛而入，所以不如趁早做好心理準備。」

尚隆說完後苦笑起來。

「我沒有姊妹、女兒可以籠絡對方，以保自身安全，也幾乎沒有所謂有血緣關係的國家可以投靠──所以只能做好心理準備。」

「你不是繼承人嗎？你知道自己也命在旦夕嗎？」

「所以啊，」尚隆笑了起來，「我做好了心理準備。你會在開戰之前離開吧，往西邊走，西邊應該還沒有大災難。」

即將開戰的消息很快傳遍了城下，沒有土地、沒有房子，也沒有船的遊民漸漸離開。可能是尚隆故意散播這個消息，而且無法再看到尚隆在城下逛來逛去的身影。漁民出海打魚時都會攜帶武器，把物資運去海灣的小島上。

──在極度緊張的氣氛中，六太還是沒有離開。避之不及的戰火即將延燒，但他仍然無法下定決心離開這裡。

有一天，大宅派了跑腿來到六太投靠的漁夫家，拿了一點錢給六太，請他趕快逃走。

「少主說，和這片土地沒有淵源的小孩子不需要在這裡送死。」

「尚隆呢？」六太問。跑腿回答說，一大清早就去了島上的支城。

「少主是個很勤快的頭兒，別看他平時這樣，他絕對有真本領。」

六太拿著那些錢來到海邊，站在岩石上看向入海口的島嶼。島嶼周圍有棧橋，棧橋旁停著全副武裝的船。靠入海口的那一側停靠著軍船。

「——怎麼辦？」

六太腳下的影子發出一個女人的聲音。六太無法回答。

「他不是王嗎？」

聽到沃飛的問話，六太咬緊嘴唇。

「你不是因為王在這裡，才會離開蓬山，穿越大海來到這裡嗎？」

「不是，我不是為了這個原因而來。」

「軍船已經聚集在遠處的島上，如果你繼續留在這裡，也會被災難波及。」

「我知道……」

六太握緊手上的小袋子。

「沃飛、悧角。」

「是。」看不見的身影回答道。

「如果發生萬一的狀況，要保護尚隆。不要殺敵，只是當他陷入生命危機時，把他帶去安全的地方就好……他是我的救命恩人，我不希望他死。」

「但是……」

「去吧，我還有其他使令。」

「遵命。」兩個使令回答。

——因為尚隆救了我。

雖然他這麼說，但他心裡很清楚，絕非僅此而已。

——如果尚隆死了，雁國會何去何從？

這樣就好。有一個聲音說道。這樣真的好嗎？另一個聲音問。只有一個人有天命嗎？果真如此的話，尚隆一旦死了，雁國就失去了王。因為城下的每個人都說，這場戰鬥毫無勝算。

並不是沒有方法拯救尚隆一個人。只要讓他成為王，把他帶回雁國就解決了，但萬一因此再度為雁國帶來戰火呢？六太無法相信王，尚隆真的能夠拯救雁國嗎？他很可能徹底摧毀已經滿目瘡痍的雁國。

「我為什麼會生為麒麟……？」

雖然麒麟是民意的具體體現，卻聽不到人民的聲音，也無法問留在那片國土的數萬人民，自己到底該怎麼辦。

——三天後，戰爭開打了。小松陣營驍勇善戰，對抗村上水軍的圍城。六太和無法順利逃離的人留在陸地觀戰，只要島上的支城不淪陷，村上軍就不會攻打到陸地。

第六天，六太和其他人聽到背後傳來廝殺的聲音。

村上軍越過入海口後方的那座山，從背後展開攻擊。

位在最後方丘陵上的瞭望崗最先陷入一片火海，敵軍從山邊一路放火到街上，六太和其他人都被逼到海邊，好不容易才搭上小船準備去島上，這時看到了大宅被敵軍包圍。城邑角落的瞭望崗燒了起來，城門被推開了。

尚隆的父親——小松城的領主從大宅逃走時不幸身亡，尚隆在敵軍包圍的海盜城內繼承了父親留下的小國。

——四天後，小松家滅亡。

5

宰輔遭綁架一事令關弓的民眾譁然，國府前大排長龍，從皋門到雉門一帶都擠滿了想要一探究竟的市民。

「真的會打仗嗎？」

「元州要來攻打關弓嗎？」

短短二十年前，雁國曾經瀕臨亡國的危機，所有百姓都深刻瞭解當時的悲慘。雖然和其他國家相比，目前雁國還很貧窮，但每個人都見證了國土的今天比昨天更豐饒。如今好不容易撿完了周遭的瓦礫，用鐵鋤耕地時，也終於不會再敲到石頭，也不會挖到歷經火劫的殘骸和屍骨——沒想到，國土將再度受到戰火的摧殘。

「王怎麼樣了？」
「該不會已經轉移到安全的地方？」
「台輔會平安無事嗎？」
為了應付這些聚集的民眾，國府的官吏一直忙到深夜。天亮之後，再度拖著疲憊的身體打開大門。疲憊不堪的眾官也拖著沉重的步伐，走向掌管軍隊的夏官中，專門負責掌管士兵的司右府。最先來到國府，打開大門的是司右的下官，名叫溫惠。
溫惠心有餘悸地回想起昨天的騷動，對今天又要重複回答和昨天相同的問題感到厭煩。市民蜂擁而入，只為了問：「王是否平安無事？」、「不會有事吧？」這些問題，溫惠也想知道這些問題的答案。萬一王在這場紛亂中駕崩會怎麼樣？他好不容易捱過梟王的時代，終於獲得一官半職，開始過安定的生活，沒想到——司右的職責是保護要人，大僕負責管理在私人場合執行維安工作的護衛兵，司右負責統率在公開場合執行維安工作的護衛兵，和在王宮深處工作的大僕不同，司右所屬的士兵會在要人參加禮典和祭典等公開場合執行維安工作，民眾都以為只有司右負責王的維安工作，所以都來這裡確認王和宰輔的安全。
因為新王還無暇安排一名專任的武官張羅這些公開活動，所以目前雁國的司右幾乎沒有發揮正常的功能。雖然因為繼承了前朝傳承的物品，設立了司右的官職，但完全沒有參與實際的維安工作，說起來，算是徒有虛名的閒差，在這裡擔任下官的溫惠已經對飛黃騰達不抱希望。雖然無法光宗耀祖，至少可以高枕無憂，這樣也不錯——

雖然他原本抱定了這種想法，沒想到突然被交付重責大任。「內亂當前，由你負責向市民募集士兵。」通常徵兵、募兵由軍方直接進行，但目前軍方忙於作戰準備，無暇進行這項工作。夏官中，基本上都是文官，只有負責維安工作的大僕和司右直接錄用武官，所以把這個苦差事交給了整天閒來無事的司右。

在當今的時代，真的有市民志願當兵嗎？他帶著鬱悶的心情，打開了感覺比平時沉重好幾倍的門閂，推開了司右府的大門。果然不出所料，大門前聚集了許多急著發問的民眾，一看到門打開了，立刻擠了過來，溫惠輕輕舉手，制止了他們，示意七嘴八舌地訴說內心不安的民眾暫時安靜。

「司右府目前公務繁忙，我知道各位的不安，但如果只是想打聽情況，請前往其他地方，本府官吏目前忙得不可開交，無暇接待各位。」

「但是，」有人叫了起來，「真的會打仗嗎？至少告訴我們這件事。」

「這要問元州，如果元州高舉叛旗，王師只能迎戰討伐。」

「台輔目前平安嗎？王呢？」

我怎麼知道？溫惠在心裡說道，但對民眾點了點頭說：

「王目前平安無事，很擔心苦難也會降臨到各位身上。至於台輔目前的情況，我們也不瞭解，衷心期盼他平安無事。」

「有什麼方法可以避免打仗嗎？」

一名老翁問。

「如果你知道有方法，我願意洗耳恭聽。」
「國土又會淪為戰場了嗎？我們的生活好不容易比之前好過了，又要陷入兵荒馬亂了嗎？這次國家真的要滅亡了，國府知道這一點嗎？」
溫惠不悅地看著老翁。
「所以如果你知道方法，我願意洗耳恭聽啊。主上並不希望陷入戰亂，錯在元州。」
「但是……」
民眾仍然七嘴八舌地議論，溫惠舉起手制止他們。
「總之，你們去別處吧，夏官目前無暇接待各位。」
聚在門前的民眾面面相覷，有幾個人轉身走去其他官府，這時，一個女人走上前來。
「王師能贏嗎？」
女人胸前抱著一個嬰兒，直視著溫惠。
「王師會努力打勝仗。」
「但元州不是綁架了台輔嗎？如果元州殺了台輔，王不是也會駕崩嗎？」
「沒錯。」
「既然這樣，努力有用嗎？應該刻不容緩地派兵前往元州，打倒叛賊，把台輔帶回宮城，不是嗎？」

溫惠不悅地說：

「是啊，所以國府眾官正在全力以赴。」

「根本就不應該打仗！」

剛才那個老翁大聲叫著，女人狠狠瞪了他一眼。

「不打仗要怎麼解決問題？難道坐視王就這樣駕崩嗎？如果沒有王，國土也會荒廢，我相信所有人都曾經見識過這種荒廢。」

「如果打仗，只會更加荒廢。」

女人微微撇著嘴角，露出揶揄的笑容。

「不要以為我不知道。」

老翁微微向後退，似乎在問：「妳知道什麼？」女人冷冷地看著他，在場的所有人都看著這對老人和年輕女人。

「這裡有幾個人，不，這個城市中有幾個人曾經在國家沒有王的時候，親手殺了小孩。」

女人說完，遞上正在沉睡的嬰兒。

「各位請看，這是我的孩子，是向里樹祈願後，上天賜給我的孩子。大家都是用這種方法祈求孩子，但是，我知道有人殺了這些孩子，因為我妹妹也是被那些人丟進水井。」

所有人頓時鴉雀無聲。

「三更半夜，有大人跑進我家，搶走了睡在我身旁的妹妹，然後丟進水井。我知道那些大人至今仍然若無其事地過日子。我知道那些人說什麼是因為國土荒廢的關係，若無其事地繼續過日子。」

溫惠輕輕拍著女人的背，示意她「別再說了」，但女人用冰冷的眼神看著他。

「即使假裝自己沒做過這種勾當，犯下的罪孽也不會消失，至少我還記得。我這輩子絕對不會忘記妹妹被丟下水井時的水聲——這種事還會再發生。如果陷入戰亂，王駕崩的話，國土會再度荒廢，又會有人把我的孩子丟進水井，到時候又會說，這是無可奈何的事。你們願意這種情況再度發生嗎？」

女人巡視了在場的所有人後，昂然地看著溫惠。

「你讓開，我要進去，我可不像這些人，跑來說一些窩囊話，讓你們頭痛。」

溫惠不知所措地看著女人，女人對他笑了笑。

「我是來參加戰鬥的，我要保護為我們帶來富裕的王，我不希望我的孩子送命，不希望再度看到大家認為殺死孩子是無可奈何的世道。為此，必須讓有天命的王坐在王位上，如果王能夠讓這個孩子以後過上好日子，我現在願意為王而死。」

「但是……」

「沒有律法規定，只有男人才能當士兵，士兵不是越多越好嗎？我要去頑朴，我就是為了這個目的而來的。」

溫惠用力眨著眼睛，聽到另一個年輕人高喊著：「我也要！」

「我也是為了當兵而來……雖然我什麼都不會，因為大家都說我是懦夫，但如果王駕崩了，雁國真的會毀滅。」

女人回頭看著年輕男人笑了笑說：

「你怎麼可能是懦夫呢？」

「我真的很懦弱，打架從來沒贏過，但是，我至少可以幫忙推車，我相信可以幫上這點忙——我的父母告訴我，他們一直打算和我一起死，後來聽說新王踐祚，相信一切都會好起來，才打消了這個念頭。王是我們的希望，只要王在王位上，我們就可以為自己創造美好的生活而努力，所以，如果有我可以幫忙的地方，我願意兩肋插刀。」

人群中有人笑了起來，一個髮際線後退的男人漲紅了原本就很紅的臉仰天大笑起來。

「這個年輕人很了不起啊，雖然我沒有搶到第一名有點可惜，但在這種事上輸人，感覺也不壞啊。」

男人笑完之後轉過頭，向看著站在大門前的女人和年輕男人的人群揮了揮手。

「各位，如果要找人訴苦，去別的地方，這裡是志願當兵的怪人來的地方，還是你們都想去頑朴？」

心生膽怯的人一個、兩個離開了司右府前，其中有一個女人也快步逃離了人群。

她回到家，把在司右府前發生的事告訴了正在店面後方修鉋家具的丈夫。

「難以相信，之前吃了那麼多戰亂的苦，竟然還要打仗。」

丈夫瞥了她一眼，再度默默做自己的事。

「王不是應該避免再度發生戰亂之類的事嗎？既然有人想要謀反，一定是王太不中用了。」

女人說完，身體抖了一下。

「啊，真是討厭，又要整天聞血腥味了，又要過苦日子，讓小孩子也挨餓受凍了。關弓也會變成戰場嗎？我真是受夠了戰爭。」

丈夫突然放下鉋刀，然後站了起來。

「你幹什麼？」

女人問道，但她並不期待丈夫會回答。因為丈夫向來沉默寡言，通常只說最低限度必要的話，然而這一天，丈夫難得回答了她。

「——我要去國府。」

「國府？」

「我要去頑朴。」

「老公，你？」女人張大了眼睛，「別開玩笑了，居然說要去頑朴。」

男人第一次用充滿慈愛的眼神看著女人。

「我的父母和兄弟都是餓死的，我不希望妳和孩子也落入這樣的下場。」

「老公——」

「一旦失去了王，就會重蹈覆轍，我不是為了別人而去，是為妳而去。」

——翌日，司右府的大門前大排長龍。

隊伍中都是志願當兵的人。

6

「真是感激涕零啊。」

帷湍把一份清冊放在桌子上。

「聽說新王有難，有千人志願守護關弓，有三百人願意前往頑朴——才短短三天而已。」

「是喔。」朱衡拿起清冊。

「而且，靖州外的郡鄉也說願意提供協助，聽說遠方的里也有民眾聚集在里府，說願意前往關弓，官吏都快要招架不住了。」

「是因為那些傳聞奏效嗎？」

「你認為三天能夠傳到多遠？至少不可能傳到擁州那一帶的偏遠地區吧？」

「也有民眾從那麼遠的地方來嗎？」

「聽說有人報名，只是應該來不及在出征之前趕到。」

朱衡恭敬地舉起清冊。

「真是太感謝了……這代表民眾對新王抱有極大的期待。」

「幸好他們不知道新王的為人，主人聽到這個消息後，可能也會改變態度。」

「這就難說了。」朱衡苦笑道。

「雖然有兩州提出可以出借州師，但我們不能指望他們。因為萬一他們進了關弓之後，突然矛頭向內，我們就完蛋了。」

「那就只借用物資和士兵。」成笙插嘴道：「讓借來的士兵守在關弓城外——光州那裡怎麼樣？」

「州侯以下的六官已經從州城出發來此地，太師將接任州侯，也已經從關弓出發前往了。」

太師只對自己的荷包有興趣，忙於盜用公款中飽私囊，不會做出謀反之類的大惡之事。

「那就向主上諫言，先將光州的州師全體解散，沒收他們的物資，然後在遠征途中募兵，加入禁軍。」

「但是，」帷湍開了口，「前往頑朴的士兵必須有實際的作戰能力，即使收編那些失業的光州士兵，臨時成立的軍隊有辦法維持秩序嗎？如果其中有人把武器對準王師的話……」

「只能在百姓對新王的期待這件事上賭一把了。」

朱衡仰天而望說：
「這次敕伐真的像在賭博。」
「就是啊。」
在場的人紛紛嘆氣時，門外傳來聲音。
「呃——可以打擾一下嗎？」
毛旋戰戰兢兢地從屏風後方探出頭。成笙點了點頭，命令他進來。毛旋遲疑了一下，微微欠了欠身，走了進來。
「有什麼十萬火急的事嗎？」
「怎麼了？」
「是。可以說是十萬火急吧，那個……」
他的言下之意，就是如果不是十萬火急的事，現在就不必說了。
「呃……雖然不勉強各位，但是否讓我也參加內閣會議……」
毛旋似乎發自內心地感到不知所措，一下子低著頭，一下子又看著成笙。
帷湍狐疑地挑起眉頭。
「參加倒是沒關係，我想起來了，毛旋以前是成笙的師帥。」
帷湍說話時看著成笙。
「怎麼辦？你要把已成為小臣的下屬召回軍隊嗎？比起當那個輕佻鬼的護衛，毛旋應該更想追隨你吧。」

「我也有此打算。」成笙點了點，「那就再度任命毛旋擔任師帥——」

「我不能接受。」

毛旋抬眼窺視著成笙的臉色。

「為什麼不能接受？」

「因為……我……不是，微臣惶恐……那個……」

毛旋從懷裡掏出一份文件，深深地鞠了一躬。

「這是敕命——很抱歉！我奉旨擔任大司馬！」

帷湍、成笙和朱衡都啞然失色。大司馬是六官之一，是管理軍隊的夏官長，以官位來說，相當於卿伯，成笙之前獲賜為將軍，也就是卿，毛旋變成了成笙的上司。

「——什麼？」

「很、很抱歉！不過敕命上有但書，只是在戰亂期間而已，請見諒！」

朱衡皺起眉頭。

「即使對毛旋說也沒有用，主上在哪裡？」

「呃，他不在宮內。」

毛旋縮了起來。

「不在？」

「對，主上有話要轉告大僕——不對，是將軍。」

「有什麼話？」

「小心自己的腦袋，禁軍將軍還不錯喔。」

帷湍目瞪口呆，隨即捂著臉說：

「那個笨蛋……」

「難以置信。」

朱衡呆若木雞，帷湍用拳頭敲著桌子。

「全天下有哪一個王會加入叛賊的軍隊？」

「對、對不起。」

成笙悵然地嘀咕。

「他該不會想當內應？」

「……怎麼個內應？」

「主上命令我包圍頑朴，但並沒有要求我攻下來。通常如果只是包圍，戰爭並不會結束吧。」

「關於這件事，」毛旋又拿出另一份書狀，「主上要我轉交給將軍。」

成笙接了過來，當場打開看完之後，交給探頭張望的帷湍。帷湍看完之後，嘆了一口氣。

「他到底在想什麼？」

「怎麼了？」

朱衡也探頭看著，帷湍把書狀遞給他。

「在行軍途中募集勞力，在頑朴附近的漉水修築堤防。」

「他想要提升民意嗎？」

帷湍重重地坐在椅子上。

「為什麼他偏偏選在這種非常時期，去彌補他以前的怠惰！」

「他可能有自己的盤算吧，否則，他貴為主上，不可能去頑朴啊。」

「我驚訝得說不出話了……如果有什麼閃失怎麼辦？萬一在戰場上不小心被殺的話——他有沒有搞清狀況啊？」

「他應該知道吧。」

成笙苦笑著說：

「既然台輔被綁架做為人質，就只能背水一戰了。即使躲在玄英宮內貪生怕死，一旦台輔被殺，他也活不了。」

「那倒是。」

「所以對主上來說，這原本就是一場生死之戰。」

第六章

十二國記

1

六太無所事事，漫無目的地走在偌大的城內，去看了廚房，也去看了斡由的寢室，雖然其他人忍不住對他皺眉，覺得這個宰輔未免太悠哉了，但他無法靜下心來。

他被綁架至今已經快兩個月了。

該怎麼辦？六太暗想著。一切都不對勁。更夜變成了敵人、斡由企圖謀反，以及自己在這裡悠閒地當俘虜都不對勁。雖然很希望可以溜出州城，說服王或是王師，但恐怕敵人不會同意。

元州已經在頑朴布陣安營，準備迎戰王師的討伐。他們可能打算集中兵力在頑朴作戰，原本被派往各處的州師也已召回，大軍都集結在頑朴城下。

每次看到這一切，六太就覺得自己該有所作為。頑朴西方，可以眺望漉水的山上已經可以看到王師的炊煙，雙方勢必得一戰定勝負了，距離戰爭開打恐怕時日不多。

必須有所作為。雖然他這麼想，卻不知道自己該做什麼。時間所剩不多了，如果不趕快採取行動，可能會造成無可挽回的結果。

他在牢房內咬著指甲，驪媚來到他身旁，抱著嬰兒，端坐在六太面前。

「台輔，您在煩惱什麼？不能告訴我嗎？」

「沒在煩惱什麼，」六太嘀咕著，「只是心情憂鬱而已，還不到煩惱的程度。」

「請您不要太傷神了。」

「我傷神也沒有用——先不談這個，我發現幹由真的很受歡迎，從來沒有聽到城內的人說他的壞話，如果是尚隆，應該每個人都會大罵他吧。」

驪媚輕輕吐了一口氣，輕輕拍了拍已經睡著的嬰兒身體。

「幹由的確是很能幹的官吏，但和王有天壤之別。」

「妳真的很袒護尚隆，但幹由比尚隆勤快多了，我來這裡之後，從來沒有看過幹由在發呆。」

「——台輔！」

「他英勇果斷，善解人意，知書達理，溫文儒雅，寬宏大量，尚隆得好好向幹由學習。我開始覺得，如果當初把國家交給幹由，或許會比較好。」

驪媚不悅地眉頭深鎖，微微站了起來。

「台輔，您是在開玩笑吧？」

「搞不好是真心話。」

「您為什麼這麼說？難道您不相信自己挑選的王嗎？」

「沒有所謂信或不信的問題。」六太笑了笑，「他真的是笨蛋啊。」

「王絕對不是笨蛋，至少我認為他很適合成為君王，所以我才願意追隨他。」

「驪媚，妳該不會喜歡尚隆？」

「台輔！」

聽到驪媚動怒的聲音，六太微微縮著脖子。六太心裡很清楚，自己內心很著急，所以才會和驪媚鬥嘴。

「真是太可悲了……台輔，您為什麼總是輕視主上？既然您覺得他是笨蛋，為什麼讓主上坐上王位呢？」

「不要問我，妳有意見的話，去找天帝說。」

「台輔，」驪媚再度坐直了身體，「主上任命我為牧伯時，曾經向我說抱歉。」

「尚隆嗎？真難得啊。」

「主上說，諸侯並非王的臣子，一旦制衡諸侯的權利，他們必定會反彈。」

——驪媚的主上接著如此說道。

「但是，不能讓諸侯為所欲為，有朝一日，必定會罷黜他們，可能有人會舉兵反抗。如果諸侯只是把稅金中飽私囊還是小事，但必須密切監視他們，避免他們養兵謀反。」

尚隆特地去驪媚的家中，對她說了這番話。

「整頓諸侯時，一定會引起猛烈的反抗，為了壓制他們的反抗，必須派人去州侯城內，監視他們沒有背離太綱，蓄養過剩的兵力，同時避免諸侯之間締結邪惡的盟約。」

「您要將此大任交付給臣嗎？」

驪媚感激不已地對尚隆行禮。她當時是掌管審判的司刑官，官位只是區區下太夫而已，突然被拔擢為卿伯，驪媚覺得主上太抬舉自己了。

「但是，」尚隆對她搖了搖頭。「妳最好別謝我，萬一州侯高舉叛旗，牧伯就會身陷危險。我派妳去州侯城，就等於要求妳在發生萬一的狀況時捨棄生命——只不過我手上的棋子不多，雖然我不希望妳死，但除了妳以外，我找不到其他人選。」

驪媚神情嚴肅地看著難得露出凝重表情的王。

「蒙主上如此器重，即使發生萬一的狀況，也是臣心甘情願。」

「不瞞妳說，我想了很久，不知道該派妳還是朱衡擔任第八個州牧伯，但衡量你們兩位的長短處後，認為妳更適任。朱衡脾氣暴躁，恐怕很難要求他無論在州侯城看到什麼，都要忍耐克制，只要報告就好。除非有特別的指示，否則就靜觀其變，他恐怕無法沉住氣。」

「……是。」

「妳願意去嗎？」

「臣欣然受命。」

尚隆向她微微欠身，用壓抑沉痛的聲音說了聲：「抱歉。」驪媚聽了之後，做好了所有的心理準備。

「是喔……」

六太的聲音很無力，驪媚一臉痛苦地看著把頭轉向一旁的他。

「那是我第一次看到主上如此真摯的表情——主上絕不是愚蠢，更不是不負責任。他想了該想的事，也做了該做的事，只是沒有讓別人知道而已。」

「妳未免也太偏袒他了吧？」六太笑著說：「朱衡和其他人聽了會流淚，會說妳根本不知道在他身旁的人有多辛苦——他不參加朝議，經常不知去向，也不聽別人說話，想做什麼就做什麼。」

「但是，主上並沒有做錯過任何事，雖然帷湍那些人口不擇言地說主上很懶散，正因為王倜儻不羈，才能夠在那樣的慘狀中，讓我們不至於絕望。」

「妳真的對尚隆很寬容。」

驪媚難過地搖了搖頭。

「您為什麼這麼說？沒想到台輔竟然不相信主君，我太難過了。」

「驪媚，我……」

「我認為主上絕對不是無能，從他能夠從百官中挑選有識之士擔任要職，就知道他絕非愚王。」

「要職？牧伯或許是要職，卻是冒著生命危險的要職，帷湍和朱衡雖然沒有危險，但也只是區區大夫。」

六太用揶揄的語氣說，驪媚再度搖著頭。

「所以才能夠相安無事。嫉妒他人升官，為了扯人後腿，不惜搞垮國家的人數以萬計，帷湍他們的官位不會讓這些人敵視，我雖然被拔擢為卿伯，但遠在內臣看不到的天邊，所以至今沒有人因為嫉妒而破壞朝廷。」

「但是……」

「遂人雖然只是中大夫，卻是治理山野的重要官吏，如果用於治水的公款被官吏私吞的話怎麼辦，偷工減料的堤防能夠治水嗎？帷湍擔任的是所有地官中，最能夠為民謀福的職位，遂人之上只有小司徒和大司徒而已，都是沒有膽量作惡的膽小鬼，所以沒有人能夠妨礙帷湍，所以雁國才能大地遍綠。」

六太沉默不語。

「朱衡是朝士，雖然只是下大夫，但朝士是唯一能夠處罰外朝監督官和州侯，以及向王上奏的官吏。成笙雖然是大僕，但在所有夏官中最接近王，可以預防逆臣。朱衡和成笙的上官都是一些窩囊廢，不會妨礙他們。」

「驪媚……別再說了。」

六太嘆著氣說，但驪媚並沒有住嘴。

「王任命帷湍為遂人，這並非徵收稅務的官，也不是治理直轄地的官，所以有一大半的稅收都流入了奸臣的私囊。天領等地聲稱革命之後連年歉收，從來沒有上繳過任何稅收。但主上認為復興國土是首要任務，所以讓帷湍擔任這個要職，難道你無法從這些安排中，感受到主上對百姓的關懷嗎？」

「尚隆不是暴君，這點我很清楚……但是光這樣還不行，因為尚隆是一國之王。」

驪媚深深地嘆著氣，垂著雙眼沉默良久。過了一會兒，她把腿上的嬰兒放在地上，站了起來。

「台輔，請您不要忘記，國家荒廢是萬民的苦難，新王的登基是雁國萬民的祈求。」

她繞到六太身後，六太不知道她想幹什麼，轉頭想要看她，但驪媚抓住了他的肩膀，讓他無法動彈。

「驪媚？」

「台輔，您挑選的君主是尚隆主上，絕對不是斡由。」

「驪媚，我……」

六太想要說，我並非不相信尚隆，而是無法相信王。

「萬眾期待的是延王——尚隆主上。」

「我知道，但是……」

「數日之後，王師將抵達頑朴。」

六太想要轉頭，但驪媚從背後用雙手把他架住了，所以他甚至無法抬頭。驪媚白皙的手放在六太的臉頰上。

「驪媚？」

「——請您回去宮城。」

驪媚說完，把手放在六太的額頭上，六太還來不及制止——她已經拿下了封住六

太額頭上那隻角的石頭。六太聽到繩子被扯斷的聲音。那個聲音雖然微弱，卻是如此沉重。

2

「——真快啊，已經抵達了嗎？」

斡由在雲海上看著下界，站在他身後的更夜也跟著探頭看向下界。漉水蛇行般地圍繞著頑朴，王師的旗幟在對岸沼澤地遠方的山上飄揚。

「終於開始了。」

綁架台輔至今兩個月，王師以驚人的速度整軍經武，抵達了頑朴——一旦過了那條河，戰爭就開打了。

「——卿伯，恕臣打擾。」

說話的是州宰白澤。在斡由身後跪地的白澤，一臉苦澀的表情。

「怎麼了？」

「城下民心動搖，都說卿伯是企圖篡奪王位的叛賊。」

斡由笑了起來。

「因為我要廢王成為上帝，這不是叛賊，什麼才是叛賊。」

「連士兵都開始動搖，陸續有逃兵出現，這樣可以提振士氣嗎？」
幹由轉身面對白澤。
「原本就知道這是大逆之事，白澤，難道你怕了嗎？」
「但士兵不一樣，因為他們事先完全不知情，聽說王師打過來，那些徵來的兵就腿軟了。」
「這也是原本就預料到的情況。」
「卿伯——這樣真的好嗎？」
幹由不悅地皺起眉頭。
「白澤，事已至此，有必要說這些嗎？」
白澤仍然伏地不起，更夜淡然地旁觀著。
——他的遲疑也在情理之中。
雖然每個人在下官和士兵面前不動聲色，但事態朝向意想不到的方向發展——王師的兵力人數超乎預期。
王師離開關弓時，禁軍的兵力人數只有七千五百人，眾官都認為穩操勝券。州侯城是易守難攻之城，想要攻城並非易事，而且又占盡地利之便，每個人都認為絕對不可能輸。
幹由用冷淡的眼神看著白澤。
「王師有多少人？」

「目前的實際人數應該已有兩萬多。」

「——什麼？」

斡由瞪大了眼睛。

「比上次報告時多了三千人。」

「是。」白澤再度磕首。

「三千。」更夜小聲嘟噥著。隨著王師向頑朴挺進，人數不斷增加，大部分都是來自近郊、手拿鐵鍬的農民，眾官原本都捧腹大笑，但是，當人數將近一萬時，就再也笑不出來了。

元州令尹想要篡奪王位，試圖讓國家再度面臨折山的荒廢。民眾內心日益不安，導致原本支持斡由的人也開始大聲抱怨，連元州的官吏中，也有人開始指責斡由的行為。頑朴近郊也有人加入王師，如今，想要加入王師共同奮戰的人浩浩蕩蕩地向頑朴挺進。

「關弓那裡剛才傳來消息，留在關弓的靖州師也超過了三萬。」

「怎麼會有這種事？」

向來大膽無敵的斡由也神色緊張起來。

「——光州在幹什麼？為什麼沒有追擊王師？」

白澤深深地低下頭。元州雖然向國府報告，元州師有一萬兩千五百人，但實際上只有八千人，而且其中三千借給光州師後，好不容易才徵到三千名市民充數。

州師的人數越多，課徵的稅也會增加，通常只會少報，不會有人多報。當初就是利用這一點操作帳冊，打算等王師全軍抵達頑朴後，再由半個光州師從背後追擊，另一半將攻入關弓。

「光州侯去了關弓——才剛被封為冢宰。」

斡由大步走到白澤面前，低頭看著跪地磕首的他。

「我怎麼沒聽說？派去關弓的人到底在幹什麼？」

「臣力有未逮，派去的人似乎未及時報告。」

「太荒唐了。」

白澤才想說這句話。因為一直沒有來自關弓的消息，所以另派使者去打聽，才發現原來是原本派去的人故意知情不報。

——竟然要逼退奉天命登上王位的王，你們到底在想什麼？之前只聽說是為了元州的百姓起義，爭取自治權，並不知道是綁架台輔，用脅迫的方式篡奪王位。對方揚言不會再和叛賊沆瀣一氣，然後當著使者的面，率領部下加入了王師。

「……也許我們太輕視王位的分量和天命的威信了。」

「你是說梟王的王位分量，與梟王坐上王位的威信嗎？」

「百姓深信這件事，每個人都認為新王登基後，迎接了安居樂業的時代，我們背叛了民意，所以民心背離也是理所當然。」

「白澤——！」

幹由發出怒吼時，更夜聽到了那個奇特的聲音。

他的懷裡傳來弓弦斷裂的聲音。更夜渾身緊張起來，幹由和白澤可能也聽到了這個聲音，都回頭看著更夜。

「──怎麼了？」

更夜臉色發白。

「赤索條……斷了……」

「──什麼？」

「我去看看。」

更夜說完，立刻轉身跳到等在一旁的妖魔身上。

3

「──六太！」

更夜大叫著衝進牢房，但立刻停下了腳步。

牢房內慘不忍睹，就連經常在妖魔身邊，見多了令人鼻酸景象的更夜，也忍不住後退了幾步。牢房內的悽慘景象難以用言語形容。

六太癱坐在地上，因為他滿臉是血，無法看到他臉上的表情。更夜想要靠近，妖魔在他身後鳴叫著制止。更夜不予理會，繼續往前衝，妖魔用尖嘴抓住了他的衣領，把他往後拖。就在這時，從地面躍出的妖獸咬住了更夜的影子。

「——六太！」

更夜和六太之間有三匹黑色的狼，兩隻有著翅膀的白色手臂好像從地上的血泊中冒了出來。妖魔跳到更夜前，發出威嚇的吼叫聲。更夜再度呼喊著六太，當他聲嘶力竭地大叫時，六太才終於回頭看著他。

「六太！你趕快制止使令！」

「住手。」六太隨口回應的聲音很小聲，「悧角，住手。」

「但是……」使令似乎不願意收手，六太緩緩地搖著頭。

「快住手，不要再讓我看到血了。」

六太嘟噥著，然後看著更夜。

「更夜……救救我。」

更夜向前跨出一步，毫不猶豫地跑到六太身旁。使令退到一旁，然後消失了。

「六太，你沒事吧？」

更夜扶著六太沾滿鮮血的肩膀，想要把他扶起來，但六太的身體無法動彈，好像凍結般僵在那裡。

更夜巡視著周圍的地面，從躺在一旁的屍體手上撿起被染紅的石頭，放在六太額頭上。

「……更夜，不要……」

「不行，你忍耐一下。」

「更夜……」

當更夜想要再度綁上赤索條時，六太的影子發出了說話聲：

「拜託，千萬別這麼做。」

那是女人的聲音，更夜以為是驪媚的聲音，感到不寒而慄。

「如果再封住台輔的角，會對他的身體有影響。」

「……使令嗎？」

「拜託你，幫台輔沖乾淨身上的血……那真的會毒害台輔。」

「但是……」

「只要台輔沒有危險，我們不會攻擊無辜的人。拜託你。」

更夜正在猶豫，六太原本為了阻止而舉起的手無力地垂了下來——他失去了意識。

「——驪媚嗎？」

更夜去向斡由報告時，斡由問道，更夜點了點頭。

「……應該是她扯斷了台輔的繩子。」

斡由目瞪口呆地眨了眨眼，整個人癱坐在椅子上。

「……太大膽了。台輔怎麼樣？」
「他昏倒了，但已經為他洗乾淨身上的血了。」
「他沒事吧？」
「應該沒事。」
六太的使令告訴更夜，要用雲海的海水徹底洗淨他身上的血，於是更夜下令為六太清洗。
「封印呢？」
更夜看著腳下說：
「……我已重新施咒。」
「即使封印也不會傷害他嗎？」
「或多或少吧，但現在也顧不了這麼多了。」
斡由重重地嘆了一口氣說：
「你不是說，麒麟無法逃離由人命形成的牢獄嗎？」
更夜垂下雙眼。
「很抱歉。」
「……算了，因為是牢獄自毀，所以也無可奈何，但台輔的事全權交由你負責，為什麼沒有派人在牢裡監視？」
「恕我思慮不周。」

斡由再度重重地嘆了一口氣。

「所幸沒有鑄成大錯，但千萬不能再發生相同的事。」

「──遵命。」

「卿伯，」白澤搖搖晃晃地走到斡由面前，「這是否代表了王位的分量？」

「白澤！」

「有官吏願意為元州這麼做嗎？驪媚到底是為了延王犧牲自己，還是為了王位本身呢？無論是哪一種情況，我們都必須承認自己錯了。驪媚願意為延王奉獻自己的生命，否則就是王位有如此重大的意義。」

「──白澤！」

「到底有多少百姓認為您有道理，願意和您一起在頑朴奮戰呢？為了討伐元州而聚集的百姓已經將近萬人，而且還在不斷增加。」

「那我問你，」斡由的聲音充滿怒氣，「你現在要我怎麼做？你應該知道，事到如今，已經沒有退路了。」

「請再度派微臣前往關弓，微臣必定用自己的性命為卿伯請命。」

「你的意思是要為我買命嗎？開什麼玩笑！」

白澤縮著身體，跪地磕首。

「……現在還沒輸，怎麼可以退縮？去說服城下的百姓，要向他們曉以大義。到底是誰背離正道？想要王位又放棄政務又是怎麼回事？難道我說錯了嗎？」

「卿伯……」

「我們才是正義的一方，只要說明清楚，百姓就會瞭解——綁架台輔的確背離了正道，但台輔並沒有要求我們放了他，反而理解我的想法，自願留在元州。」

「……是、是。」

「雖然我不願意使用這種方法，但如果攻打關弓，會造成更多百姓的困擾，以目前的兵力，也無法遠征，只要這麼向他們解釋，他們一定會瞭解。我不想徵更多的兵，因為我不希望讓百姓離開農田，拿武器打仗。」

4

血腥味太濃烈了。六太心想。簡直就像被丟進了血泊，渾身沾滿了血腥味和屍臭味。

輕微的海浪聲，屍體不斷打到形成一片斷崖海盜城的岸邊。城內的人都很希望可以埋葬這些屍體，但一旦來到海上，就會遭到村上家的攻擊；村上的水軍也很想去取敵軍的首級，只不過一靠近岸邊，就會受到來自城內的石頭和箭的攻擊，增加無謂的受傷者。

這股屍臭和淤積在空氣內的血腥味，也飄進了離海岸有一段距離的海盜城內。六太閉上眼睛，拚命搖著頭，彷彿想要甩開血腥味，但身體立刻搖晃起來，因為他已經連續發燒多日。他嘆了一口氣，背後傳來開朗的說話聲。

「──結果你沒逃走啊？」

在眼前這種情況下，只有尚隆還能夠用這麼開朗的語氣說話。六太這麼想，回頭一看，果然發現尚隆扛著刀站在那裡。

「我想你應該沒有盤纏，所以特地派人送錢給你，沒想到你居然留下來湊熱鬧。」

來不及逃走的人都擠在城內，個個露出膽怯的表情，其中有幾個人走到尚隆身旁，露出想要發問的表情抬頭看著尚隆。尚隆輕輕挑了挑眉毛。

「怎麼了?不要露出這麼悲壯的表情，反正船到橋頭自然直，大家放輕鬆嘛。」

六太小聲勸他：

「你不要亂說話。」

「雖然是亂說，但也是事實啊。反正結果都一樣，多擔心不是虧大了嗎？」

尚隆說完，對露出求助的眼神抬頭看他的三個老人笑了笑。

「你們這麼緊張，等到要逃的時候，兩條腿都會僵硬，跑都跑不動了。放輕鬆啦，我會想辦法。」

尚隆說完又笑了笑，幾個老人終於鬆了一口氣。

「雖然沒有美味佳餚，但至少要吃飽，也會為你們準備撤退的船，如果你們嚇得腿軟，到時候恐怕連船都上不了吧？」

他竟然對因為腰腿不聽使喚而無法逃走的老人說這種話，那幾個老人可能對尚隆鎮定自若的態度感到安心，終於開玩笑說，他們至少還有力氣划槳。

「保重啦。」尚隆輕輕揮了揮手，「如果缺什麼就儘管說，只不過我也是巧婦難為無米之炊啊。」

「真沒出息。」一個老太太揶揄他，笑著揮了揮手，尚隆走向角落的瞭望崗，六太慌忙追了上去。

「你聽我說──」

「什麼事？你跟著我可沒好事喔，村上家有時候會射箭過來。」

「你有勝算嗎？大家真的能逃走嗎？」

「怎麼可能有勝算？城下已經完全被占領了，已經沒有退路，也沒有補給了。」

尚隆看向陸地的方向，遭到火攻的城下街道都化為灰燼，仍然冒著煙。

「村上家攻擊的頻率降低了，換成我也會這麼做，不需要讓士兵白白犧牲，只要繼續包圍，城內的物資就會耗盡──他們會靜靜等待這一天。」

「兵糧足夠嗎？」

尚隆苦笑著說：

「不夠。之前都是從陸地運輸，如果節約點，可能撐半個月吧。所以我一再說要注意背後，我父親對軍事一竅不通。」

聽說尚隆的父親和尚隆不同，是一個風雅的人物，不顧家族多年的傳統，親自從京城邀請老師教管弦樂和舞蹈。無論是英年早逝的尚隆母親，以及其他側室都是京城人，就連尚隆的正室也一樣，所以，可能尚隆在那裡反而是異類。

「——但是，因為人數增加了，所以撐不到半個月。希望能夠在糧食吃完之後安排他們撤退。」

尚隆說完，皺了皺眉頭。

「雖然我方已經說要投降了，村上家卻不理不睬，可見他們很有自信。他們也是海盜，所以我也能理解。」

「海盜？」

「剩下的都是婦孺還有老頭子，但千萬不能小看海盜，即使是婦孺，也能夠開船，那些老頭以前也都是剛毅的漢子，只要手上有武器，就可以上戰場打仗。即使投降後納入麾下，也無法掉以輕心。村上家的領土被海域隔開，和陸地的情況不太一樣，當然想要斬草除根。」

這代表大家都只有死路一條。六太抬頭看著尚隆，尚隆笑著說：

「只能努力拜託村上家，至少讓婦孺有機會逃命，這次你真的要逃走，留在這裡，就沒有未來了。」

「所以……你也會死嗎？」

「即使村上家是菩薩，也不可能放過我吧——反正我向來為所欲為，死也無憾了。」

「——真的嗎？」
六太低聲問道，尚隆瞬間收起了笑容。
「……是啊。」
尚隆看著支城的背後，以及付之一炬的街道，和在街道上布陣的村上軍。背後的山丘上，已經看不到以前的大宅影子，只剩下被火燻黑的石牆。
「——都死了，你太太和孩子也……」
「雖然我早就叫他們快逃，但我父親作夢都沒想到自己會輸，可能甚至沒想到會打仗。我離開大宅的時候，他還叫我記得回去參加連歌會。」
尚隆苦笑著。
「雖然連孩子都死了，讓人有點難過……話說回來，能夠和父親一起死，至少也算是安慰吧。」
六太抬頭看著尚隆問：
「你孩子的父親——是你的父親？」
尚隆淡然地回答：
「應該吧。」
「兵糧很快就會不足，在兵力衰退之前，先讓民眾逃離這裡。」
六太剛端了飯，便聽到尚隆這麼說，此時，民眾被困在城內已經三天了。

「但是，少主——不，城主——」

「等物資用盡就來不及了，無論如何，都要讓民眾逃命。無論他們逃去哪裡，都需要攜帶物質，如果不趕快行動，到時候就只能空手逃命了。」

下臣無力地垂下頭。

「即使守在這裡，也只有死路一條，去碼頭備船，讓民眾搭剩下的船，用軍船掩護。抵達陸地後，我們在那裡布陣，然後讓民眾從後方逃走。」

尚隆說完笑了笑，「如果有人活膩了，可以和我一起留下，其他人在保護民眾的同時撤退，一旦過了國境，就丟掉笨重武器躲起來。」

一隻手已經受了傷的老人舉起雙手說：

「撤退也需要將領，請城主成為將領，帶領大家撤退。」

「開什麼玩笑，如果我逃走的話，村上家就會追來——啊，也可以故意逃向其他方向故布疑陣，等局勢陷入危急時，就用這種方法。」

「不，」老翁深深地鞠了一躬，「我們會設法阻擋村上家，請城主一定要活下去，只要拜託大內大人，一定有辦法活下去。等到時機成熟，重振小松家不是夢想，在此之前，請城主忍辱負重——老臣跪下求您了。」

「重振有什麼用？」尚隆一臉不以為然的表情，「民眾已經逃去四處，要怎麼重振國家——這也是亂世的常道，我們家太弱了，所以也是無可奈何的事。雖然很遺憾，但人在臨死的時候身段要漂亮。」

「不，」老翁態度堅決地搖了搖頭，「民眾在未來的日子會深受妻離子散的痛苦，但只要堅信城主平安無事，有朝一日，可以重建小松國，民眾就可以忍受這種苦難。如果連您也在這場討伐中不幸喪生，小松國真的就毀於一旦了。您可以找一個替身，自己和民眾一起撤退，在村上追殺替身時，請少主投靠大內。」

「——別鬧了！」

尚隆大喝一聲。老翁頓時縮起身體，驚訝地抬頭看著尚隆。

「我是小松國的城主，肩負這個國家的命運！難道你要我拋棄百姓自己逃命嗎！」

老翁整個人趴在地上。

「正因為您肩負著小松國的命運，懇請城主三思。」

「城下的百姓都叫我少主，從小就被大家捧在手心，如果我現在拋棄他們，要怎麼向他們交代！」

「——少主！」

「我還不至於笨到不瞭解少主所代表的意義！」

尚隆忿忿地說。

「他們並不是仰慕我的人品，也不是欣賞我的能耐，只因為我有朝一日會成為城主，只是因為這個原因，所以才會敬重我。」

「……城主。」

「你應該知道這代表了什麼意義，你們不是也一樣嗎？你們希望日後可以安居樂業，所以才會敬重我，不是嗎？」
所有臣子都跪地磕頭。
「我一個人活下來振興小松國——別說笑了！我坐視小松的百姓被殺，然後再來振興嗎？那到底是怎樣的國家？城裡只有我一個人，要我做什麼？」
臣子都趴在地上一動也不動。
「他們想要我的腦袋就給他們，砍頭只是小事一樁。百姓是我的身體，百姓被殺害就像用刀子挖我的身體，比掉腦袋更加痛苦。」
尚隆說完後站了起來，他的臉上已經恢復了往日的泰然表情。
「——反正我這種腦袋，也只是甩起來會喀啦喀啦響的裝飾品而已。」
尚隆笑了笑。
「我想試試我這顆腦袋可以贖多少條百姓的性命。」

翌日拂曉，船離開了島上，村上軍蜂擁而上，小松陣營殊死抵抗，好不容易來到陸地時，六艘軍船中，有半數沉沒了。小松陣營立刻在陸地布陣，驍勇奮戰，確保退路，但驟減的兵力無法守住退路。
逃離島嶼的百姓遭到包圍，守住退路的士兵如數遭到殲滅。
——小松家宣告滅亡。

第七章

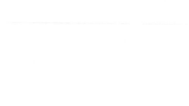

1

——怎麼會有這種事？城裡的每一個人都這麼想。

從頑朴城可以俯瞰瀧水，以及對岸沼澤地林立的王師旗幟。

幹由多年來都是元州的中流砥柱，當雁國的國土荒廢殆盡時，只有元州不同於他州，妥善治地、治人。雖然無法完全避免受到國土荒廢的影響，但荒廢的程度並不大。幹由努力對抗荒廢，他州的百姓人數急劇減少，陷入了貧窮，也喪失了秩序和治理，只有元州勉強撐住了。

災害肆虐，妖魔跋扈，失去生存之地的百姓經過元州逃往他國，這些流亡的災民都說，元州很富裕，頑朴就像是夢幻之地。

新王登基，國土開始走向復興，元州卻無法跟上進步的腳步。他州的綠意不斷增加，人口增加，收穫也增加，元州和他州的距離逐漸縮小，旅人也不再對元州讚不絕口。

誰都認為如果他州富足百倍，元州應該富足千倍，必定錦衣玉食，日食萬錢——然而，事實並非如此。

國府說，必須減少貧富差距。元州百姓個個恨得咬牙切齒，如果新王沒有剝奪各州的自治權，元州一定可以在幹由的領導下更加富足。

「……為什麼會這樣？」

一名士兵站在頑朴山半山腰的崗哨上俯瞰著漉水說道，同樣俯瞰著漉水和對岸的同袍沒有回答。

「卿伯起義，不是應該得到自治權，元州應該更富裕嗎？」

必須糾正王的錯誤，奪回元州的自治權，率先復興國土。他州和百姓都會感謝元州，各州百姓都會敬愛元州，或許元州可以成為治理雁國的中心。有人一副深知內情的表情說著夢想。

——然而，事實卻完全不是如此。

「我們是叛賊……到處都聽到罵聲，說無法原諒元州試圖篡奪王位。」

漉水對岸集結的王師人數已經將近三萬人，而且大街小巷都有民眾排隊前往頑朴，要和王師共同作戰。開戰之前，王師到底會有多少人？思考這個問題已經失去了意義，王師和州師的兵力相差太懸殊了。

州師的士兵靜靜地、悄悄地，但很確實地在減少，逃亡者絡繹於途，尤其是徵來的士兵，逃兵現象更嚴重。為了彌補缺少的人數，再度向市民徵兵，但不出三天又逃走了，有不少逃兵直接投奔王師的旗下。

「……有沒有聽說傳聞？」

另一個士兵自言自語地說：

「七天前，牧伯死了。」

「——喔，聽說是為了讓台輔逃走而犧牲自我。」

「我聽別人說，是卿伯發現大勢已去，想要攻擊台輔，牧伯為了保護台輔而不幸身亡。」

「怎麼可能？卿伯不是這種人。」

「我當然知道，但的確有這種傳聞，如果在以前，誰都不會相信這種事，難道你不覺得這種情況很可怕嗎？」

每個人都陷入了沉默，然後不約而同地看向王師。

「王師為什麼不打過來……為什麼一直留在對岸？」

「——為什麼他們停在漉水不動了？」

斡由站在屋外的露臺上看著漉水。

「他們該不會在那裡等民眾聚集？沒有經過任何訓練的雜兵集團人數越多，反而會扯後腿啊。」

「不，」白澤一臉納悶的表情，「沿途召集的兩萬名士兵都前往漉水，在河岸堆沙包。」

「——什麼？」

「他們似乎打算建堤防，沿途募集的士兵手上沒有武器，因為原本似乎就是為了建堤防而募集的勞力。」

「現在建堤防？想要籠絡我們嗎？」
「希望是這樣，但王師讓勞力前往的是漉水對岸新易至頑朴下游的洲吾。」
斡由猛然抬頭，看著白澤愁眉不展的臉。
「難道——他們打算水攻？」
「很有可能。」
斡由皺起眉頭。頑朴被蛇行的漉水包圍，靠經過多年修建的堤防勉強抵擋水流灌入頑朴，斡由也偷偷下令進行築堤工程，然而，一旦堵住下游，頑朴恐怕撐不了多久。
「太荒唐了……」
頑朴的地勢低，所以王師採取水攻的可能性相當大，但對岸的地勢比頑朴更低，一旦水位升高，就會流向對岸。對岸當然也築了堤防，如果堤防比頑朴更高，水就會灌進頑朴，但對岸的沿線很長，原本以為一萬左右的士兵不可能發揮太大的作用，沒想到現在有將近兩萬勞力。
「如果守在城內，可以有多少士兵進入城內？」
雨季的水量非比尋常，一旦發生水患，不要說正在準備野戰的頑朴周邊的野外，頑朴外的農地，甚至頑朴山的底部都會沉入水中。
「兵糧的問題更嚴重。」
城內的兵糧並不多，雖然收成期剛過，但元州並沒有太多剩餘的糧食。

「當初以為光州會出兵，很快就能決一勝負才會揭竿起義。如果光州按兵不動，光靠我們單打獨鬥，必定會陷入長期戰，但城下並沒有足夠的物資可以應付長期戰。」

白澤的語氣中充滿責備。

「沒辦法，只能向近鄰徵收，幸好收成期剛過。」

白澤皺著眉頭。

「您的意思是除了租稅以外，另外向百姓榨取嗎？百姓家裡的糧食和里庫中的存糧是他們接下來這一年的生活所需。」

斡由冷冷地低頭看著白澤。

「難道你要州師挨餓嗎？」

白澤傲然地看著斡由——他的情緒很激動。六太濺到了死去的驪媢的血，之後一直昏迷不醒，所有的事都背叛了元州的期待。

「首先，即使現在開始徵收也來不及了。即使緊急要求近鄰把所有的糧食都拿出來，究竟能夠撐多久？」

斡由怒不可遏地瞪著白澤。

「總之，先去募集糧食——然後——」

斡由巡視著在場的官吏。

「絕對不能讓他們築堤，派一部分州師前往漉水。」

「請等一下，」州司馬眉頭深鎖地開了口，「州師的兵力已經不如王師，還要繼續分散兵力嗎？」

「那要全軍出動嗎？」

「太荒唐了。」州司馬嘀咕道：「請考慮一下士兵的人數，目前王師的人數已經是我們的三倍，如果不全數投入守城戰，根本毫無勝算。」

「好，」斡由說：「開始下雨後，立刻悄悄派州師的精銳部隊出擊，在頑朴上游摧毀對岸的堤防。」

白澤立刻緊張地問：

「您在說什麼？」

「難道還有其他方法嗎？」

斡由咬牙切齒地說：

「摧毀頑朴上游的堤防，水就會流向新易。如果誰有更好的方法，直說無妨。」

斡由越來越沉不住氣。王師人數的增加、光州的背叛、宰輔至今仍然意識不清，所有的一切都和預料完全相反，斡由的立場已經搖搖欲墜。

「雨季快來了，請您收回成命。」

「所以才要摧毀啊！等雨季來了之後就為時太晚了，一旦在對岸建了堤防，再堵住下游，水就會灌入頑朴！」

「難道為了頑朴，不惜犧牲新易嗎？州城位在山上，即使淹水也不會釀成嚴重災害，請您收回成命！」

「除此以外別無他法，按我說的去做！」

2

六太張開眼睛。他感到眼皮沉重，雙眼無法聚焦。

「——您醒了嗎？」

他聽到有人跑過來，說話的是一個女人的聲音，但當然不可能是驪媚。六太想起這件事，忍不住發出呻吟。

——她為什麼願意為了一個王犧牲自己？

六太捂著臉，女人探頭看著他，說話的聲音在他耳邊響起。

「您還好嗎？會不會不舒服？」

六太搖了搖頭。

「因為您昏迷多日，真的很令人擔心。」

六太放下手坐了起來，頓時感到天旋地轉。

「——我昏迷多久了？」

那個女人年約三十，身穿官衣，應該是元州的下官。

「台輔，您睡了七天。」

「七天——王師呢？」

戰爭該不會已經開打了？六太緊張地看著女人，女人對他搖了搖頭。

「王師駐紮在漉水對岸。」女人說完，不知所措地笑了笑，「而且還在對岸建堤防。」

「什麼？」

難道現在才想要收買民心嗎？唯一慶幸的是，戰爭還沒有開打。

「您可以活動了嗎？」

六太點了點頭。雖然只要一動，就極度暈眩，但現在沒時間躺著休息。他想要跳下床，但突然停了下來。

——必須設法在戰爭開打前解決。

但是，他不知道該怎麼做。

「來吧。」女官拿起衣服，披在六太的肩上。六太伸手穿上衣服，在讓女官為他穿衣時，他發現額頭有冰涼的感覺。

——白石。

六太用指尖輕輕摸著額頭上的白石，女官露出滿臉歉意的表情。

「很抱歉，您一定感到不舒服，但我不知道怎麼為您拿下來。」

「不……」

六太茫然地嘀咕著。

——白石並沒有放在角上。雖然綁在額頭上，但在角的上方，只感到又硬又冷，卻感受不到任何咒力。

更夜。六太在內心呼喚著他的名字。當更夜再度把石塊放在六太額頭上時，不知道是因為六太不願意，還是更夜顧慮到他的身體，所以並沒有封住他的角。

「——您可以走路嗎？」

女官問道，六太訝異地抬頭看著她，女人露出柔和的微笑，遞給他一個布袋。

「必要的東西都放在裡面——請您趕快逃走吧。」

「啊……」

「我們之所以對抗王，原本以為是為民謀福，絕對不是想要顛覆國家。我們沒有認真思考王的施政，也沒有仔細思考自己的行為所代表的意義，只對眼前的荒廢感到憤慨，太短視近利了。請您前往王師，回到宮城，代我們向王致歉。」

「如果妳這麼做——」

「拜託您了。」女官說完，用布把六太的頭包了起來。

「不需要聽外面的傳聞，光從您為了一個嬰兒，願意留在這裡，就可以知道您多麼慈悲為懷。主上有您的輔佐，不可能做出殘酷無情的事。滬水對岸都是景仰主上所聚集的百姓，氣勢如虹——元州真的做了蠢事。來吧。」

女官推著六太催促著。六太感到手足無措。元州到底發生了什麼事？曾經仰慕斡由，團結一致，堅若磐石的州侯城內部竟然出現了分裂。
「幹由沒問題嗎？一旦我逃走了，幹由也就失去了王牌。」
女官痛苦地眨著眼睛。
「元伯變了，以前他那麼關懷百姓……」
「——啊？」
女官不理會六太的反問，催促著他：
「出了房間後往右走，在第一個轉角處就有樓梯。只要穿越地下道，就可以看到內宮，從長明殿的最深處一直往下走，最下層就是通往城下的路。」
「但是……」
「拜託您了。雖然您還很不舒服，但錯過這一次，就不知道下一次什麼時候再有機會，現在剛好只有臣一個人。拜託您，請您回關弓，一定要繼承牧伯的遺志。」
女官把六太推出門外。
一旦她這麼做，是否會追究她的責任？六太想要問，但門在他面前關上。
——怎麼辦？
六太猶豫了片刻，立刻邁開步伐。雖然每走一步，雙腿就發軟，但他扶著牆壁努力撐住了。他想要呼喚使令，可能因為之前見血導致暈眩，所以意識還很朦朧，無法順利召喚使令。照理說，使令可以感應到六太的想法自動現身，既然沒有現身，代表使令的意識也還沒完全清醒。

六太抓著牆壁，緩緩地沿著走廊往右走。

更夜率領二十幾名男子走進房間。

「卿伯，我帶小臣來了。」

面色凝重的斡由轉頭看著他說：

「辛苦了。」

斡由日漸憔悴。王師駐紮在漉水對岸，目前兵力人數已達到三萬一千人。從城下到城內不斷傳來責難聲和不安的吶喊，因為難以預料想不開的人什麼時候會對斡由不利，所以緊急從軍中調來了小臣。

「這些都是武藝精良的好手，都對主上有微辭，發誓效忠卿伯。」

更夜說完，看著身後那些男子，但其實他並不相信這些小臣。

——我絕對不能離開斡由身旁。只要有我和妖魔在，應該可以避開大部分危險。

斡由點了點頭，巡視著在更夜身後跪地的小臣時，另一個小臣衝進屋內。

「——卿伯！」

「怎麼了？」

聽到斡由的問話，小臣來不及跪地就大聲說道：

「台輔——不見了！」

「什麼？」

「應該是負責照顧的女官把台輔放走了——」
另一名小臣把女官拉了進來。
「趕快去找。」斡由低聲呻吟道，更夜立刻回頭對眾小臣說：
「趕快去找台輔，絕對不能動粗，要恭敬地請他回來。」
背後那些新來的小臣點了點頭，和前來報告的小臣一起衝出房間。
女官被推到房間中央，斡由看著她。
「為什麼這麼做？」
女官用充滿憤恨的眼神看著斡由。
「我才想要請教呢？為什麼要破壞漉水的堤防？」
斡由重重地吐了一口氣。
「那是因為……」
斡由說到這裡，用手指輕輕摸著額頭。
「……你們到底想要我怎麼樣？」
斡由搖了搖頭，看著眼前的女人。
「這是打勝仗唯一的方法，還是妳要我打敗仗嗎？」
女官眼神堅定地瞪著斡由。
「你為了漉水的堤防揭竿起義，如今要玷汙這面大旗嗎？」
「妳聽我說，現在——」

「你不是為了萬民而起義嗎？水淹新易的話，道理說得通嗎？」
「──除此之外，還有其他方法嗎？」
「趕快投降吧，卿伯，你太輕視王了。」
斡由深深地吐了一口氣，看著更夜說：
「更夜──把她帶走。」

3

「……悧角──悧角。」
六太抓著牆壁，努力撐起無力的雙腿往前走，不停地呼喚著使令。
「……悧角、沃飛。」
無論他再怎麼呼喚，也聽不到任何回應。雖然隱約感受到使令虛弱的聲音，但牠們也很痛苦。麒麟和使令的關係密切，一旦麒麟生病，使令也會跟著生病。
「……悧角。」
使令有等級之分，是身為妖的等級，女怪沃飛和悧角是最高等級的使令，就連牠們也都這麼痛苦，所以根本無法感受到其他使令的動靜。
六太很想坐下來休息，但他沒有時間。六太失蹤後，元州已經沒有可殺的人質，也許在驪媚和嬰兒死後，在其他俘虜身上綁了繩子，但綁在六太額頭上的繩子並沒有咒力。

——要前往王師，叫他們按兵不動，回到宮城說服尚隆。

斡由說的話有道理。剝奪了州的實權後，因為九個州幅員遼闊，所以無法顧及到每個地方的這種說法當然無法讓人服氣，六太能夠理解斡由的不滿，也瞭解居住在漉水流域的百姓內心的不安，但是，無論如何都必須避免戰亂。亦信、驪媚和嬰兒都已經死了，不能讓更多人死於非命。

他強打起精神，終於走過了地下道，來到內宮深處。無論哪一個國家或是哪一州，宮殿都具有某種獨特的相似性。六太不加思索地走向內宮最深處，走去長明殿。每個宮殿都有長明殿，是王和州侯家人居住的建築物。

他用手指抓著壁飾撐住身體，走到迴廊時，聽到了虛弱的聲音。

——台輔。

「悧角嗎？怎麼了？」

——有人。

六太停下腳步。內宮深處冷冷清清，沒有人的動靜，但照理說不應該沒有人。

「小臣嗎？」

不。悧角的聲音似乎有點困惑，六太感到奇怪，豎起耳朵時，聽到了輕微的聲音。既像是人的叫喊，又像是野獸的咆哮——

是前面？還是後方？六太不知道聲音來自哪一個方向，但還是繼續往前走，在轉了一個彎之後，突然聽到了清晰的叫喊聲。

六太的身體抖了一下，看向聲音的方向，遲疑了片刻，走向那個方向。他聽不清楚在叫什麼，感覺好像只是在吼叫，而且還聽到鐵鍊的聲音。

鐵鍊彷彿被用力拉扯，似乎有人被鐵鍊綁住，試圖將它扯斷。但是——內宮深處怎麼會有俘虜？

狹窄的通道深處，就著微弱的光線可以看到往下的石頭階梯。這裡是長明殿最深處，應該就是釋放六太的女官所說的階梯。聲音從下方傳來，微風還帶來一股酸臭味。

六太握著扶手，走下一級階梯。通道變得很狹窄，通往州侯城的深處。這裡的通道似乎很少有人走動，感覺很陳舊。

「的確是這條路，但那個聲音又是怎麼回事？」

每走一步，聲音就更加清晰。在一條很窄的岔道深處有一道門，聲音是從那道門內傳來的。呻吟、吼叫，但並沒有明確的話語，只是發出叫喊的聲音。麒麟特殊的能力可以感受到他在說什麼。他在叫喊——讓我出去。

六太猶豫了一下，走進岔道。因為那個聲音聽起來很迫切，讓他無法充耳不聞。

當六太來到門前時，那個聲音突然停止。他細聽門內的聲音，聽到了像是啜泣的聲音。

六太把手放在門上移動了一下，門一下子就打開了。

那道門並沒有鎖，因為門內就像六太之前被關的牢房一樣裝了鐵柵。裡面是一個相當寬敞的房間，但沒有採光的窗戶，也沒有照明。靠著從敞開的門照進來的光，一開始只看到一個影子，蹲在一扇門大小的鐵柵下方。

那是一個瘦弱的老人。他坐在鐵柵下方，用滿是汙垢的手抓著鐵柵，一看到六太就立刻抬起滿是淚水的臉，搖晃著鐵柵，再度叫了起來。

老人每動一次，鐵鍊就發出刺耳的聲音。石頭地上滿是汙物，綁住老人雙腳的鐵鍊垂在地上，一直延伸到房間深處。

六太目瞪口呆地看著眼前這個被無情虐待的老人。

「你——是誰？」

即使六太發問，老人也沒有回答。好像要叫喊般張大的嘴巴，只能發出像呻吟般的聲音，六太可以勉強分辨出他在叫：「放我出去。」

——放我出去，我不幹了。我不是，我不是。放我出去。

「是誰——做出這麼……？」

老人當然無法說話，因為他的嘴裡沒有舌頭——被人割斷了。

「……悧角。」

能打開這道鐵柵嗎？六太問，但悧角回答說不行。

「——鐵柵上和鎖上都施了咒。」

六太仔細一看，發現鐵柵的表面刻著潦草的字。

——為什麼在內宮深處，關了這麼可憐的囚徒？

——為什麼？

六太喃喃自語著。

「……你該不會是……元魁……？」

斡由的父親——元州侯元魁。

斡由說他父親生病了，也有人說他的精神出了問題，所以躲在內宮深處不願見人。如果元魁不是自己關在深宮，而是被人用鐵鍊拴住、囚禁起來……

但是，老人回答說不是。

——不是，我不是。我不幹了，所以、所以、所以……

「你不要著急，慢慢說，否則我搞不懂。你不是元魁嗎？」

老人點了點頭。六太輕輕吐了一口氣。

他不知道這個老人是誰，也不知道為什麼被關在這裡，只知道他不是元魁。在稍稍鬆了一口氣的同時，內心也湧起苦澀——為什麼會有這麼悽慘的囚徒？

「……我知道了，你不要哭，雖然現在我沒辦法救你，但一定會想辦法。你再等一下，知道嗎？」

老人淚流滿面，頻頻點頭。

——無論他是怎樣的罪人，都不允許有人用這種方式囚禁。斡由為什麼允許這麼殘忍的事？他不可能不知道，在內宮這麼深處，斡由不可能沒有發現。

不要丟下我。老人大叫著。六太安撫了他，再度沿著通道往下走。

「……斡由，你為什麼默許這種事發生？」

——你不是說，一切都是為了百姓嗎？

4

六太幾乎是用爬行的方式潛入州侯城的下部，在無數次召喚後，悧角終於現了身，但悧角還太虛弱，無法背著六太。六太抓著悧角深灰色的毛，支撐著牠，走在昏暗的地下道。

岩山中的隧道彎彎曲曲，有很多岔路，六太在不知不覺中失去了方向。在不知道往下走了幾層後，發現沒有繼續往下走的路了，這才驚覺自己可能迷了路，慌忙尋找往回走的路。

「……這裡是哪裡？」

原本以為循著自己的腳印就可以找到往回走的路，但中途某些地方的水流沖走了地上的泥土，有些地方是隆起的岩石，再加上幾乎沒有光線，所以連自己的腳印也找不到了。

「……沃飛，往下走的路在哪裡？」
昏暗中的影子動了一下，過了一會兒，聽到了一個苦惱的回答。
「這附近……好像沒有，可能誤闖了另一個地下宮。」
「你知道是州侯城的哪個方位嗎？」
「……請原諒，我現在還無法穿越牆或地面。」
使令會使用遁甲術，可以順著地脈、水脈和風脈等所有氣脈，隱形前往任何地方。即使相距萬里，麒麟的氣息也會像燈塔般指引，使令可以來去自如，只不過目前的狀態恐怕無法發揮這種能力。有些在蓬山出生的麒麟也具有這種能力，可惜六太並沒有。
削平岩山形成的走道滴著地下水，雖然有亮光，但數量很少，微微發出白光的應該是光蘚。
「要不要休息一下？」
悧角說話的聲音也很虛弱。
「嗯，在這裡休息一下應該沒關係。」
六太用肩膀抵著牆壁，身體慢慢往下滑，坐在地上。暈眩十分嚴重，即使只是沿著牆壁走，仍然像暈船般天旋地轉，意識好幾次都差點變得朦朧，他努力咬牙撐了下來。六太解開包在頭上的布擦著汗水，有一半是冷汗。女官交給他的布袋早就丟掉了，因為他根本沒有力氣帶著行李逃跑。

他環顧四周，發現這個區域幾乎很少使用，地下水流過累積多年的塵埃上，變得像泥濘的道路，但並沒有腳印。
六太靠在悧角的背上用力喘氣，聽到周圍有動靜，立刻緊張地東張西望，豎起耳朵，但只聽到自己的呼吸聲。
「……來者何人？」
那個聲音的語尾在地下道內空洞地迴響，仔細一看，牆壁上有一道裂痕，聲音是從那裡傳來的。
「——喔，我迷路了。」
六太看向縫隙，發現裡面很暗，但那道裂縫並沒有很深。
「迷路？為什麼會在這裡迷路？」
「我在散步……這裡是、哪裡？」
縫隙的那一端傳來瘋狂的笑聲。
「怨獄。」
「……大叔，你是誰？」
「大膽無禮，竟然連主子的聲音都忘了嗎？」
六太忍不住顫抖了一下。有人在這座州侯城內稱自己是主子，能夠說這句話的人屈指可數，他突然想到剛才那個被鐵鍊綁住的老人。
「你該不會是……元魁？」

「竟然如此看不起吾，直接叫吾的名諱。」

自嘲般的笑聲順著裂縫傳了過來。

「元魁──不，元侯，聽說你身體有恙。」

剛才那個人果然不是元魁……但不是元魁的話，到底是……？

「有恙？當然有恙，因為吾已經好幾年沒吃沒喝了。」

元魁說，他只能喝流在地面的地下水，吃蟲子和苔蘚。

「他們沒有給你送吃的嗎？這根本就是囚禁。」

「囚禁？這叫囚禁嗎？應該是棄之不顧吧。吾被推落這個地獄，然後就把吾忘記了，從來沒有人來看過吾。」

六太倒吸了一口氣。州侯也是仙，所以沒有壽命。在刪除仙籍之前，只有砍頭或把身體砍成兩半才能殺死他，如果只是受傷，身體也會自癒，不可能輕易死去，就像麒麟和王一樣。

「從此之後，吾就不曾聽過別人說話的聲音。」

「……太荒唐了。」

聽到六太的嘟噥，元魁終於停止發笑。

「到底過了多少年？到底想要吾怎麼樣？他想要州侯的官位，但吾不是王，所以無能為力。只有王才能任命州侯，吾不能因為私情，隨便把官位讓給別人，你應該瞭解吧。」

六太放在岩石上的手指發抖。

「……你該不會在說斡由？」

不可能。至今為止，曾經聽過無數人稱讚卿伯崇尚仁道，是為百姓謀福的令尹，更夜也這麼說。斡由是更夜的恩人，拯救了六太無法相救的朋友，開口必稱為百姓、為道義的斡由不可能囚禁元魁。

——但是，如果不是斡由所為，為什麼坐視囚人落入如此可憐的境遇？

「我當然是說那個奸棍。」

元魁的聲音毫不猶豫，充滿了憎恨。

「吾拒絕了他，說無法憑吾一己之念轉讓州侯的官位，他竟然說，那你去當王。雖然吾並非不曾奢望王位，只是沒有天命，所以也無可奈何。他竟然說吾是廢物，說吾不敢為了搶奪王位起義，是只會靠著對王察言觀色，阿諛奉承苟且偷生的人渣。」

元魁口中的王應該是梟王，聽說他在那個時代，就不曾公開露面。

「——吾的確對王阿諛奉承，只要王一聲令下，無論是抓逆臣，還是鎮壓謀反，吾都奉命行事。如果不殺百姓，吾就無法活命；如果處決的人數太少，就說吾執政不力。為了表達忠心，吾不得不殺害沒有叛逆之心的百姓——所以，王已經駕崩了嗎？」

「當然……聽說梟王向來根據叛賊的屍體數量論功行賞。」

「你要相信，絕對、絕對不是僅此而已。」

元魁的聲音中含著恨意。

「斡由說，吾沒有州侯的資格，所以把吾關在此處——但是，他是靠誰才能成為令尹？還不是因為吾讓他成為輔弼，吾才是州侯，王把元州賜給了吾。」

「……在梟王的壓制下，你靠出賣百姓保住自己的地位。」

「那是形勢所逼。」

「斡由唾棄你的這些行為，即使向你諫言，你也說是形勢所逼，說欺壓百姓並非本意，而是王的命令。」

「當然啊。」

「斡由要求你起義糾正王，你也不聽，要求你把州侯的官位讓給他，你也抵抗，說那是王任命的，結果就被扔到這裡……」

——原來是這樣。斡由認為元魁沒有執政者的資格，無法為百姓謀福，所以把元魁抓起來後關在這裡。梟王當時已經失道，只有討伐王，才能回歸正道。既然奉承梟王的元魁為了自保而欺壓百姓，為了保護百姓，只能把元魁抓起來囚禁。當時是梟王治世的時代，斡由謊稱元魁病了，把政務交由他處理。到此為止，六太都能夠理解。

——但是……

既然這樣，剛才那個囚徒又是怎麼回事？

元魁沒有回答。

「如果運氣好的話，我很快會來救你。」

六太對他說。運氣好的話，內亂會平息，延王會獲得勝利。

六太輕輕嘆了口氣，再度撐起無力的雙腿站了起來，正當他想要離開時，聽到了充滿詛咒的聲音。

「吾很清楚……斡由只是想要侯位。」

六太停下腳步。

「任何理由都可以，那只是囚禁吾的籍口。」

六太似乎聽到了他咬牙切齒的聲音。

「你知道嗎？斡由很擅長弓術。」

「所以呢？」

「在大儺祭禮的射禮時，他也幾乎沒有射偏過，至今為止，只有一次射偏的經驗。」

元魁竊聲笑了起來，六太不知道他到底想說什麼，所以豎起了耳朵。

「在那次射偏時，斡由聲稱是準備標靶的下臣有問題。他說射箭是為了驅魔和祈願天神降臨，下臣故意把標靶放歪是招致凶事的咒術，所以處死了那個下臣。」

六太皺起眉頭。

「斡由是個能幹的孩子，他無所不能，天資聰穎，知書達禮，只不過有一個缺點，那就是不願承認自己的失敗。」

元魁竊聲笑著。

「梟王駕崩之後，他有昇山嗎？有向麒麟諮諏天意嗎？沒有吧？他沒辦法做這種事，因為如果昇山，確認他並不是王，就會顏面盡失。斡由無法忍受這種恥辱。」

「但是──」

「你說他膽識過人嗎？看起來像萬能的俊傑？看起來的確很像。因為他都把過錯推給別人，讓自己看起來從來不犯錯，而且相信自己從來沒有犯過錯，當然可以看起來膽識過人。」

六太眼前漸漸模糊，但他看著腳下。他聽著元魁的話，內心漸漸湧起不安。

──那個囚徒。

「他以為自己完美無缺，他努力讓自己這麼相信，無視一切影響他完美的事物，為了掩飾自己的缺失，他什麼都做得出來──他就是這種人。」

六太轉身離開。他的雙腳顫抖。

斡由說，他是為了百姓揭竿起義。斡由言之有理，所以之前被元州綁架時才沒有反抗，但六太覺得自己似乎忘了一件事，滿口正義的人並不一定是正義的化身。

人總是標榜正義，就連王和君主，如果沒有高舉正義的大旗，就無法調兵遣將。那是沒有實體的正義，所以施行所謂的正義，會導致百姓深受折磨。

六太再三告訴斡由，一旦發生內亂，只會造成百姓的痛苦。為什麼斡由口口聲聲說是為百姓謀福，卻堅持要舉兵作戰？真正為百姓著想的人，會執意舉兵打仗嗎？每次想要說服斡由時，就會產生的那種奇妙的無力感，如果這種無力感來自斡由空洞的正義……

「……斡由。」

──那個囚徒。

「那個人原來是元魁的替身，斡由他……」

斡由把元魁關進黑牢，然後找一個替身，把他關在內宮。

──我不幹了。那個老翁再三叫喊。

老翁被關進沒有光線的黑牢，斡由對他說，叫他當元魁的替身，但老翁對牢獄生活感到厭倦了。

──我不是。我不幹了。放我出去。

老翁被人用鐵鍊拴住，然後割掉他的舌頭，避免他胡亂說話。

「……斡由……你這傢伙……」

六太覺得元魁的聲音一直跟在他身後。

5

更夜把女人帶到州侯城的下部。凌雲山岩盤深處，終日不見陽光的這一區是一排牢房，但並不像之前關六太的牢房那麼高級，這一片牢獄是什麼時候建造？到底為何而建？恐怕要查史書才能瞭解，更何況如果是為了無法公開的目的而建，恐怕即使翻開州侯就任時恭敬遞上的州史，也無法找到相關的紀錄。

更夜帶著女人來到這一區，因為他經常帶等待處分的罪人來這裡，所以對這條路很熟悉。大部分罪人都是有謀反嫌疑而被關來這裡。

——斡由無法阻止下臣對他產生謀反的念頭，身居高位者無論是賢是愚，都必定會有人企圖謀反。

「進去吧。」

更夜打開牢門。這是位在最深處最大的牢房，他把女人推了進去，在黑暗中反手鎖上了門，接著用手上的火把點亮了牢房角落的火把。更夜手上的火把和剛才點亮的火把火光照亮了挖空岩盤所建的牢房，被綁起來的女人站在放了最低限度家具的室內。

「坐吧。」

更夜指著床說道。女人滿臉不安地看了看床，又看了看室內，遲疑了一下，坐了下來。

「——妳為什麼要和卿伯作對？妳知道元州目前的局勢嗎？」

更夜淡然地問。

「我知道，元州正在背離公道，想要踐踏天意。」

「這不是一開始就知道的事嗎？」

「我可沒聽說。」女人咬牙切齒地說：「我只聽說卿伯要起義，維持公道，沒聽說他要謀反——竟然做這麼可怕的事。你們知道推翻新王所代表的意義嗎？」

「卿伯隨時為百姓著想，元州的眾官和百姓不是都知道嗎？」

女人啞然失笑。

「為了百姓？既然這樣，為什麼要破壞堤防？你應該已經知道王師的人數了，元州已經輸了。卿伯誤判形勢，勝敗已經確定，為什麼還要破壞堤防，造成百姓的痛苦？這是為百姓著想的人所做的事嗎？」

更夜沉默不語——然而，既然已經舉兵，就不可以失敗。

「我的朋友是遂人府的府吏。」女人看著火把說道：「她是我從小一起長大的好朋友，她一直質疑，真的可以讓卿伯掌管元州嗎？」

「但是州侯……」

「沒錯，州侯因為身體欠佳，所以無法處理政務，的確如此，內宮的官吏經常聽到州侯不知道在亂喊亂叫什麼，聽說這十五年來，幾乎從來沒有說過話，所以由卿伯代理管理元州。」

更夜靜靜地看著女人。

「既然妳知道，為什麼還和卿伯作對？」

「我也這麼對我的朋友說，但她每次都很生氣，說卿伯總是滿口仁義道德，一副聖人君子的樣子，但如果他真的大公無私，為什麼不向國府上奏州侯的情況，把元州歸還給國府？元州是王賜予州侯的，王才有權限決定州侯，即使之前雁國無王，也可以上奏六官，請求他們的裁示，這才是公道。然而，卿伯並沒有這麼做，而是把實權攬在自己手上，即使新王登基後，仍然沒有歸還元州。」

更夜看著憤憤不平訴說的女人。

「這叫無私嗎？這叫正道嗎？我搞不懂，但我朋友很清楚，她說斡由是偽善者，是披著聖人君子外皮的暴君，他所追求的不是權力，更不是財富，所以我在今天之前都沒有發現，斡由想要的是眾人對他的讚美。」

「胡說八道，不可以這麼極端。」

「不，我現在終於知道，我朋友是對的，斡由只希望別人讚美他，為了得到讚美，他想要擁有權力，既不是為了百姓，更不是為了正道，只是希望別人稱讚他是出色的令尹。」

女人的臉皺成一團。

「我很後悔自己之前沒有發現這件事，竟然還訓斥我的朋友，我真是太傻了——你說百姓都知道卿伯為民謀福嗎？是啊，因為只有傻傻地被斡由欺騙的人才能活命，這種信仰遍及州侯城的每個角落，那些識破斡由本性的聰明人去了哪裡？我的朋友去了哪裡？」

更夜垂下雙眼。

「有一天，她當面質疑斡由，結果被你抓走，罷黜了她的官位，之後就不知去向了。大僕說，因為城內有很多崇拜斡由的人，如果她繼續留在城內，一定會有人制裁她，所以請她離開了元州——真的是這樣嗎？」

「應該是吧，因為卿伯並不喜歡處罰這種罪人，他對批評很寬容。」

「既然這樣，為什麼我從來沒有收過她的信？她心愛的東西全都沒有帶走——為什麼？」

「這我就不知道了。」

「妖怪……」

更夜猛然抬眼看著女人。

「是不是被那個妖魔吃掉了？你是不是也會叫牠吃掉我——你這個人妖！」

更夜看著女人，隨即笑了起來。

「妳似乎無意改變心意——那就無可奈何了。」

女人站了起來。

「……我果然沒猜錯。」

「這是我的工作。很不幸，我正是妳剛才說的笨蛋，所以相信卿伯說的話，如果妳要繼續誹謗卿伯，那妳的存在就對卿伯無益。」

「是不是卿伯命令你的？」

「不，」更夜搖了搖頭，「如果卿伯知道我在做這種事，一定不會原諒我，但我覺得這樣對卿伯比較好。」

更夜說完，梳理著妖魔身上的毛。
「卿伯的心地太善良了。但是，在排除異己時，必須要斬草除根。」
「來吧，」更夜冷漠地催促著妖魔，「陸太，你的食物。」
女人立刻發出尖叫聲往後逃。妖魔興奮地撲了上去。妖魔喜愛殺戮，那是牠的本性。
——這並不是斡由的命令。
更夜聽著女人的慘叫聲暗想道。斡由從來沒有要求更夜殺戮，他只是一次又一次地訴說他內心的苦悶，他人無法理解的痛苦，以及遭到下臣反叛的憎恨，還有抓到謀反者後的不安。
——他們會不會伺機逃走，然後來殺我？
——如果那時候你剛好不在我身旁，我該怎麼辦？
斡由只是一次又一次地重複這些話。他的臉上並沒有懼色，從他的眼神中可以猜到他似乎有言外之意，只是一次又一次對更夜說這些話。要不要殺了他們？每當更夜這麼問，就會遭到他的斥責，卻不斷對更夜說，那些謀反者關在牢裡有多麼危險。
更夜終於忍無可忍，獨自去了牢房——忘了那是幾年前的事。
更夜向斡由要求，可以由他負責處置囚徒。斡由點了點頭，更夜帶著妖魔去找囚徒。只要陸太吃下肚，就不會留下屍體，確認陸太舔乾淨最後一滴血時，他渾身發抖，連牙齒都在打顫。他回到斡由身旁，向他報告說，已經說服囚徒，把囚徒趕出了城外。

如果換一個人，誰會相信更夜這種一戳就破的謊言？他面如土色，說話也結結巴巴，渾身發抖，隨時會跌坐在地上，有誰會相信這種人的報告？

是嗎？幹由笑了笑，用手摸著更夜的頭。

——你真的是一個忠臣。

更夜聽著妖魔咀嚼獵物的聲音，看著自己的手。

幹由的眼神有點飄忽不定，但仍然帶著微笑。

——而且，你完全瞭解我的心思，即使不用說出來，你也知道。你完全知道我想做的事。我有像你這麼心地善良的射士，真是太高興了。

更夜感受著幹由放在自己肩膀上的手掌分量，終於完全瞭解幹由的意思。原來幹由一開始就希望他這麼做，所以一直不停地暗示。

幹由在眾官面前說了這件事，大肆稱讚更夜，並宣布之後由更夜負責處置罪人。於是，更夜成為暗殺者。他用妖魔消除了會危害幹由安全的人，以及排除危害幹由立場的人。

眼前這個女人在反抗幹由的那一刻，就已經沒有活路了，所以帶來這裡餵食妖魔。更夜像往常一樣，讓妖魔把人吃得一乾二淨，地上不留下一滴血跡，然後去向幹由報告——放了那個女人，她可能回老家了。

這是幹由和更夜之間無言的密約。幹由絕對不會命令他殺人，更夜為了幹由的利益，為了忠義而動手殺人。必須按照這個規矩進行，所以他向斡由報告時也只能說，放走了那個女人。於是，斡由就會稱讚他是心地善良的射士，是出色的臣子。

——早就習慣了。

更夜冷漠地看著妖魔吃掉那個女人。

在這裡聽到罪人對斡由的指責，聽到他們的慘叫，自己的雙手沾染鮮血。

……事到如今，更夜已經不會為這種事動搖了。

6

六太離開元魁很久之後，聽到地下隧道有腳步聲漸漸接近。他剛才找到路往回走，已經往上走了一段。

聽到腳步聲後，他立刻把身體藏進岩石的凹縫中，只聽到有人問：「找到了沒有？」

「沒有。」

「如果去了更下面就麻煩了，前面那一段很容易迷路。」

「你們幾個人，再從這裡往上找。」

「是。」有幾個腳步聲走遠了。

「——你們幾個跟我來，我們去下面找。」
一個男人緊張地說完，另一個聲音慢條斯理地回答：「會不會迷路了？」
六太張大眼睛——那個聲音！
「麒麟沒有方向感嗎？看來很笨嘛。」
「笨蛋，廢話少說，跟我來。」
「好啦，好啦。」
六太從岩石的凹洞爬了出來，尋找聲音的方向。
——怎麼可能？他怎麼會在這裡。
「對了，大僕，如果連我們也迷路的話怎麼辦？」
雖然看不到身影，但可以看到通道前方的亮光。六太叫了一聲：「喂！如果有人，過來這裡——」
停頓了一下，立刻傳來雜亂的腳步聲。通道前方的亮光時遠時近，隨即聽到一個人說：「在那裡。」雖然除了火把以外，並沒有其他光源，但六太覺得有某種格外明亮的光漸漸向自己靠近。
「原來你在這裡。」
看到最先衝過來的那個人，六太差一點哭了出來。高大的個子和臉上的賊笑。六太努力克制自己的情緒，坐在地上，舉起手回應。
「大僕，是這個餓鬼——不，是這個小孩嗎？」

「沒錯。」緊跟而來的男人回答。

「台輔，您怎麼了？卿伯和其他眾官都很擔心您的安危。」

「我在找更夜，結果迷路了……」

「趕快帶回去。」

大僕命令道，那個男人回答說：「好。」

六太伸出手，戳了戳男人的腳說：「我走不動了，背我。」

六太抬頭看著男人，男人露出一絲苦笑，默默地彎下身體，把寬闊的後背對著他，他立刻緊緊抱住——他怎麼會在這裡？一定又有什麼令朱衡他們搖頭嘆氣的鬼主意。真是無可救藥的傢伙。六太抱著男人的手稍稍用力。

男人用很輕微，幾乎被衣服的摩擦聲淹沒的聲音說：

「……不要老是讓我擔心，好嗎？」

更夜從牢房回來途中，聽到下屬大僕的聲音。

「射士，找到了。」

回頭一看，大僕正在他身後走上來。

「……台輔說他迷路了。」

大僕說完，指著一個小臣。這個據說是從頑朴徵來的遊民叫風漢，看到風漢背上的六太，更夜心情複雜地吐出了一口氣。

更夜沒有封住六太的角，並不是希望他逃走。因為六太是他最初遇見、惠他良多的人，雖然知道為了斡由，必須封住六太的角，但想到一旦封住後，六太可能會送命，就無論如何也下不了手。

「——六太。」

更夜跑了過去。

「他沒事吧？我覺得他好像快死了。」

說話的是背著六太的風漢。六太在他背上閉著眼睛，似乎陷入了昏迷。

「……先去房間，他身體不舒服。」

「那可不得了。」

「走這裡。」更夜向風漢指路後，正準備帶路，突然停下腳步。因為他聽到大僕在背後發出冷笑。

「那個女人怎麼樣了？」

更夜回頭看著大僕，風漢也偏著頭，停下了腳步。

「我教訓了她一頓，讓她出城了，因為不能讓她繼續留在城內，可能逃去她喜歡的地方吧。」

「該不會被那個妖魔……？」

「別胡說八道。」

更夜冷冷地回答後轉過身——更夜很清楚，城內的人都在懷疑自己。雖然他說讓那些囚徒回老家了，但城內的人沒那麼傻，不可能完全相信。重要的是，只要懷疑更夜就好，絕對不能讓他們懷疑斡由。

更夜催促著風漢，風漢好奇地回頭看著跟在更夜背後的妖魔。

「牠果然是妖魔嗎？」

「是妖魔啊，牠叫天犬。」

「牠很溫和，不會咬人嗎？」

「不會。」

「是喔。」風漢嘀咕了一聲，繼續往前走，更夜忍不住看著他。雖然妖魔走在背後，但他絲毫不以為意。即使城裡的人都已經習慣了，但只要靠近妖魔就會緊張。

「你不害怕嗎？」

「不怕啊，」風漢轉過頭，「你不是說牠不會咬人嗎？」

「是啊。」

這個男人真奇怪。更夜心想。

7

更夜走在前面，來到一個新的牢房前，請風漢進去。

「讓他在這裡休息。」

「好哩。」男人放下背上的六太，讓他躺在床上。

「他完全都不吭氣。」

「他的身體真的很虛弱。」

更夜摸著六太的臉頰，發現手掌很燙。原來鮮血真的會對他造成這麼大的危害。更夜心情複雜地低頭看著六太的臉。

「剛才的女人真的被妖魔吃了嗎？」

「怎麼可能？不可能做這種事。卿伯心地善良，如果我這麼做，他不會原諒我。」

「真的嗎？沒想到這裡挺可怕的嘛。」

更夜回頭看著風漢，笑著對他說：

「我不是說不會做這種事嗎？但是我勸你別動歪腦筋，如果膽敢危害卿伯，到時候我手下就不會留情。」

風漢嚷嚷著「好可怕、好可怕」，但聽起來完全不像真的感到害怕。

「這裡就先交給你了，要好好看著。」

更夜說完，正打算離開，六太開了口。

「——更夜。」

更夜轉過頭，跑到床邊。

「你還好嗎？會不會不舒服？」

「……我沒事。」

六太說完，驚訝地看向探頭看著他的更夜，目不轉睛地注視著更夜，重重地嘆了一口氣後，難過地閉上眼睛。

「六太？」

「更夜，你……身上有血腥味……」

更夜忍不住向後退。

「……你……殺了人……」

六太捂住臉。

「不久之前，你身上確實沒有血腥味……」

「現在是非常時期，當然要殺人，因為這是我的使命。如果你與卿伯為敵，我也會殺了你。」

「是嗎？」六太小聲地說：「更夜，我有一事拜託……」

「什麼事？」

「可不可以帶我去王師？」

更夜張大眼睛。

「——不行。」

「那我去拜託斡由。」

「六太，不行。」

六太沒有違抗斡由，所以才能活到現在。雖然斡由目前已經被逼入了絕境，但還沒有想要殺六太。但是——一旦六太違抗斡由，會有怎樣的結果？

六太張開眼睛看著更夜。

「這件事終於讓我明白了，我不能協助斡由。」

「六太——」

「我討厭命令你殺人的傢伙，你曾經那麼討厭殺戮。」

「——啊？」

更夜張大了眼睛。

「第一次見到你的時候，你不是難過地對我說，你叫大個不要攻擊人，但大個不聽。」

更夜驚訝地注視著六太。

「他卻命令你殺人……我不承認他是你的主子。」

「六太。」更夜小聲嘀咕。即使更夜一再聲稱沒有殺人，也沒有人相信他。即使告訴大家妖魔不會攻擊人，也沒有人敢靠近妖魔。就連斡由——也從來沒有摸過陸太。

「……我已經不在意這種事了。我是斡由的臣子，只要斡由想要誰死，不管是誰，我都會動手。」更夜說。

看到六太滿臉悲傷的表情，更夜也忍不住想要哭。

「——麒麟也一樣吧？我聽說只要王一聲令下，就絕對不會違抗。」

「尚隆不會命令我殺人。」

「你能斷言絕對不會嗎？人做的事都無法預料，六太，你的主子也一樣。」

大家都說令尹清正廉潔，更夜也以為斡由就是這樣的人——但是，清正無法治理國家，身為一國之王，怎麼可能保持清正？不可能有這種事。

「我才不會做這種事。」

突然有人插嘴，更夜慌忙回頭看著風漢。男人毫不在意地坐在床上，看著更夜笑了笑。

「我不會要求六太殺人，因為與其叫他去殺人，還不如我自己動手比較快。」

更夜張大眼睛。

「……你！」

「尚隆，你這個笨蛋！」

六太猛然坐了起來，尚隆戳著他的額頭，又把他推倒在床上。

「你躺著——到底誰是笨蛋啊？」

「王……」

更夜小聲嘀咕著，看著尚隆。

「——你叫更夜吧？你好像真的是六太的朋友，所以我拜託你，可不可以把他還給我？雖然他是個很差勁的壞餓鬼，但如果沒有他，我還真有點傷腦筋呢。」

更夜把手放在妖魔的脖子上。
「沒有麒麟的話，就會失去仁道嗎？」
「那倒不是，只是那些愛碎碎念的官吏會把炮火集中在我身上。」
更夜看著滿臉笑容的男人，放在妖魔身上的手微微用力。
「……你潛入元州有什麼目的？」
「因為只有我最機智勇敢啊。」
「為了卿伯嗎？」
更夜把手從妖魔身上抽離，六太立刻叫了起來。
「更夜——住手！如果你敢動尚隆，我不會原諒你。」
更夜偏著頭問：
「事到如今，你還要袒護他？」
六太點了點頭。剛才一聽到尚隆的聲音時，就立刻知道了。當他走過來時，地下隧道的宮內出現了不可能存在的陽光——尚隆是王，這件事不容否定。
「我不是說過嗎？我是尚隆的臣子。」
「我也是卿伯的——斡由的臣子。」
更夜臉色蒼白，淡然地看著六太。
「只要斡由一聲令下，我會為他做任何事。因為我的任務就是保護斡由，不管誰與斡由為敵，我都會殺了他。」

「只要有斡由的命令，不惜參與謀反嗎？斡由變成叛賊也不介意嗎？你難道不知道，斡由可能會遭到討伐。」

「如果他為了得到上帝位不惜被稱為叛賊，那就讓他去做啊。他知道身為叛賊會遭到討伐，所以也無話可說啊。如果他不顧國家會毀滅或是荒廢，仍然執意想要成為上帝，那就成全他。我只是協助他而已。」

「那我呢？」

六太注視著更夜。他們都曾經是在半夜醒來，被父母丟棄的孩子。

「……更夜，我喜歡你，但你滿身血腥味，我根本無法靠近你。」

「沒辦法，你想要保護尚隆，我也想要保護斡由。」

「為了保護他，不惜殺人嗎？難道你毫不在意嗎？」

他不可能不在意。六太心想。至少六太認識的更夜不是這種人。

「只要斡由認為有必要，殺人也沒有關係嗎？背離正道舉兵打仗也沒關係嗎？即使國家因此傾崩也沒關係嗎？更夜，你想要讓其他孩子也像你一樣嗎？」

聽到六太的吶喊，更夜小聲地說：

「我管不了其他人。」

更夜的臉色蒼白，沒有表情。

「國家為什麼不能毀滅？」

六太張大了眼睛。

「更夜——」
「為什麼人不能死？人本來就會死，國家本來就會傾崩，無論再怎麼於心不忍，都無法阻止國家走向滅亡。」
更夜是妖魔的孩子，妖魔出沒就代表國土荒廢，所以他正是荒廢的結晶。
「只要斡由滿意就好。」
六太呆若木雞地看著更夜——為什麼無法瞭解，無論更夜的內心有多麼痛苦都不足為奇。
「六太，你對我來說，的確有點特別，但斡由對你沒興趣，所以我也沒辦法。我可以不擇手段地讓你痛苦不已。無論別人多麼痛苦，即使國家要滅亡，都是無可奈何的事，只要斡由滿意就好。」
「更夜！」
「難道你害怕國土傾崩嗎？你害怕荒廢嗎？你害怕死嗎？要不要我教你一個輕鬆的方法？」
更夜露出鎮定自若的笑容。
「——只要全都毀滅就好。」
「……斡由死了也沒關係嗎？」
更夜聽到六太的問題，淡然地點了點頭。
「如果斡由想死，就成全他啊。」

「這裡是你的國家！」

尚隆突然大聲叫道。六太和更夜都驚訝地看著站起身的他。

「──你並不是只有斡由而已，這個國家也是你的。」

六太移開了視線。

「尚隆……別白費口舌了。」

「──開什麼玩笑！」

尚隆對著六太大吼，然後回頭看著更夜。

「你說國家滅亡也無所謂嗎？我的人民竟然說死也沒有關係！既然我的人民都說這種話了，我到底為什麼而存在！」

更夜眨著眼睛，抬頭看著尚隆。

「沒有人民的王有什麼意義？正因為人民拜託我，把國家交給我，我才能成為王！但我的人民竟然說國家滅亡也無所謂，我在這裡到底是幹什麼！」

無數的箭射向落荒而逃的人，城邑和領地，以及居住在那裡的人都消失在火焰中。

「我為什麼要忍辱負重地活下來逃命？我曾經讓交到我手上的國家滅亡，我應該為民而死，但得知還有一個國家要託付給我，所以我才活了下來！」

──你想要一個國家？六太問尚隆。

「這一切都只是為了讓你有一個豐饒的國家……更夜！」

更夜呆呆地抬頭看著尚隆。

「我……沒那麼天真，會相信這種漂亮話。」

更夜站了起來。他曾經多麼渴望有一個可以安居之處，但是，他早就領悟到，根本沒有這種地方。就好像無法前往蓬萊一樣，也不可能找到這種地方，無論國家還是人——都絕對不可能找到。

「我什麼都沒聽到——也什麼都不知道。」

更夜皺著眉頭轉過身。

「……風漢，這裡就交給你了。我會馬上派官吏來照顧台輔，在此之前，不要讓台輔離開。」

「更夜。」

更夜轉過頭。

「我有言在先，只要與卿伯為敵，我就會派妖魔攻擊，千萬不要忘記這件事。」

第八章

1

嘩啦。一道銀光射向大地。

雨雲低垂的關弓，放眼望去，壓得很低的雲舔著雲海底部。

——雨季來臨。

「媽的……早知道我也去頑朴。」

帷湍站在關弓山的半山腰，抬頭看著遮蔽了雲海底部的雲。隨著秋天的到來，雲海冰冷的水從北方漸漸靠近，雲海底部好像結了霜，一片混濁的白色。薄雲從內陸的方向開始一天比一天增厚，終於開始下雨了。

朱衡也抬頭看著雲海。

「開始下了。」

「既然是賭博，至少要在現場好好地看一齣戲，在遠方等結果也未免太折磨人了……」

「不知道事態的發展是否能如主上的願，現在只能希望如此了。」

「……是啊，那個懶散的傢伙。」

幾天之後，成笙站在頑朴的對岸低頭看著漉水。河水的水位增加了，上游開始下雨了。他看向東方關弓的方向，可以看到一片雨雲。雨季正慢慢接近元州。
新易一帶都堆起了高高的沙包，已經超越了頑朴的堤防。
「差不多快來了吧──」
成笙嘀咕道，士官一臉納悶地回頭看他，似乎在問他什麼快來了。
「──沒事，千萬不能鬆懈，很快就開始了。」
新易上游的北圍。勇前在暮色中走向漉水畔的廬。河岸道路的其中一側堆著高高的沙包。
「──太好了，多虧了王師。」
勇前喃喃說道，走在他身旁的男人和女人笑了起來。他們都住在同一個廬，一起從農地幹完活回家。
「是啊，之前一直很不放心，今年的雨季終於可以高枕無憂了。」
其中一個女人說道。他們也都抬頭看著堤防。勇前突然站上堤防，站在用石頭和泥土堆起的斜坡上看著腳下的河水。
「──啊，水位漲高了不少，上游應該開始下雨了。」
勇前說，有兩、三個人也都好奇地爬上了堤防。
「只有這麼一點水嗎？今年看來真的不必擔心了。」
「如果你真的高枕無憂，到時候就會措手不及了。」

他們談笑風生，正想跳下堤防，勇前再度巡視著河面，這時看到一群人騎著馬從對岸飛奔而來，他立刻躲在堤防後方——他也不知道自己為什麼會有這樣的舉動。最近曾經聽到傳聞，王師堵住了漉水下游，打算淹沒頑朴。同時，還聽到另一個傳聞，為了保住頑朴，州師可能打算摧毀堤防。無論是哪一種情況，只要看到有人靠近堤防，他就不加思索地產生了警戒。

「——勇前，怎麼了？」

站在路上的人問道，他「噓」了一聲，要求他們別說話。站在路上的人也偷偷站上堤防。

「——啊呀。」

向晚時分，太陽已經下山，薄暮籠罩著大地，所以無法看得很清楚，但隱約看到大約有兩百匹馬從對岸騎來。

「他們想幹什麼？」

「可能想渡河過來，正在找淺灘。」

「為什麼這麼辛苦？上游不是有渡橋嗎？」

「可能有什麼不方便使用渡橋的理由吧。」

對岸騎在最前面的那個人遲疑了一下，然後進入河裡。

「……他們來了。」

「想要突襲嗎？」

勇前握緊拳頭。難道要突襲在下游布陣的王師嗎？還是？

「通常都會在太陽下山之前突襲，現在他們到王師的陣營時，太陽就完全下山了。」

連女人也從下方的道路爬上堤防。

「……他們拿著鐵鍬。」

他們屏息斂氣地觀察著，馬群開始渡河。漉水的水流加快了，馬群也稍微偏向相當於河面寬度的下游，在離勇前他們不遠的地方登陸。現在終於清楚地看到那些人，總共有兩百匹馬，不知道為什麼，所有人手上拿的不是長槍，而是鐵鍬。

士兵紛紛跳下馬，勇前站了起來。

「你們想要破壞堤防嗎？」

士兵們轉過頭，勇前對身旁的女人大叫一聲：

「趕快回去通知大家！州師想要破壞堤防！」

士兵們跑了過來，勇前身旁的男人撿起石頭，丟向士兵。

「——你們想要幹什麼？」

「開什麼玩笑！滾回去！」

勇前等人發現馬群後不久，成笙就接獲了消息。天色還沒有完全黑。

「元州師在北圍！和民眾打起來了！」

「什麼？」成笙嘀咕了一聲，立刻跑了起來，「一旅的人馬跟我來！」

成笙立刻跳上坐騎。那是梟王賜給他的騎獸吉量，雖然他痛恨梟王，但不至於恨屋及烏。他對同樣騎在騎獸天馬的下屬下達命令。

「你先去！讓民眾安全撤退！」

部下率先出發，成笙率領了一旅五百名士兵奔向東方，不一會兒，就抵達了現場。因為成笙之前就已經悄悄率領一師兩千五百名兵力，悄悄地在北圍布陣。

「……斡由，你果然這麼做了。」

成笙喃喃說道，對著身後的士兵指向前方說：

「守住堤防！」

勇前差點被長刀掃到，他縱身一滾，順利地避開了。他在滾地的同時，順手抓起一塊石頭——即使失去一切，也絕對不能讓漉水氾濫。

州師的兩百名士兵上了岸，從附近趕來的數十名民眾立刻加入混戰。雖然民眾的人數不敵士兵，但每當有三人倒下，就會有另外三個人趕到。

趕快撤退。勇前聽到有人大叫，但怎麼可以撤退？他把抓在手上的石頭丟了出去，然後又撿起另一塊石頭舉了起來，打向眼前的士兵。雖然刀子砍下來，但只擦到他的手臂。他連滾帶爬地逃開，再度抓起石頭，正當他想要丟出石頭時，聽到旁邊有人叫了起來。

「王師！」有人叫著。

「王師趕來了——！」

成笙露出冷笑，甩開了長槍上的鞘。

——在漉水築堤，以此試探斡由。

尚隆託毛旋轉交的詔令中這麼寫道。如果斡由想要摧毀堤防，就代表勝機掌握在我方手上。

「這傢伙雖然經常亂來，但顯然並不蠢。」

成笙嘀咕，在騎著吉量衝鋒陷陣之前，看了一眼對岸的頑朴山。

2

「——您身體有沒有好一點？」

斡由問，六太搖了搖頭。

「那您最好不要再離開房間，還是您有什麼事，所以特地來找臣嗎？」

「……我想回關弓。」

斡由張大了眼睛。

「很抱歉，恕臣拒絕。」

「城內到處都是血腥味，我根本無法休息，如果你真的擔心我的身體，至少讓我離開州城。」

「恕臣難以從命。」

斡由說完，向更夜使了一個眼色，示意他把六太帶回牢房。

「我說斡由啊。」

「——還有其他事嗎？」

「你為什麼把你父親囚禁起來？」

斡由張大眼睛，眾官也都露出訝異的表情。

「他既沒有身體不好，也沒有發瘋。你之前說，元魁因為生病引退，所以把元州託付給你，但被囚禁似乎和引退是兩回事。」

斡由站了起來，皺了皺眉頭後笑了起來。

「家父的確生病了，如果您覺得他看起來不像生病，可能是認錯了人。您在哪裡看到的？那個人為什麼假冒家父之名，臣將調查清楚。」

「那被關在內宮的那個人是誰？」

斡由露出緊張的神情。

「內宮——那是家父。」

「你用鐵鍊把父親綁起來嗎？」

六太直視著斡由。

「你把父親用鐵鍊綁起來，也不照顧他嗎？甚至割斷他的舌頭，想要封住他的口嗎？斡由，你回答我！」

「因為——」

六太看著眾官。

「……你們也都知道嗎？你們知道這些事，還繼續追隨斡由嗎？如果是這樣，元州顯然已經變成了竊取官位的竊賊集團。」

大部分官員都張大眼睛看著斡由，只有幾個人移開了視線。

「斡由，你說的話真的比唱得還好聽，口口聲聲說要伸張正義，但實際做了什麼？綁架、囚禁——這難道是伸張正義嗎？」

「臣對濫用卑劣的手段把台輔請來元州感到萬分抱歉。當射士說，他應該有辦法把台輔請來元州時，臣作夢都沒有想到，竟然是如此離經叛道的行為。」

聽到斡由這麼說，更夜驚訝地抬起視線，目不轉睛地看著斡由充滿苦澀的臉。

——你是很出色的射士。

更夜知道隱藏在這句話背後真正的意思。

——難得有這麼好的射士，我不希望你死。

即使這句話的意思是「不想失去對自己大有幫助的下臣」，也只有斡由一個人珍惜更夜的生命。

斡由看了一眼低著頭的更夜，轉頭看著六太。

「——但是，臣必須為下臣的行為負起責任，臣不知道該如何向您道歉，請求您的寬恕……家父的事，臣也不知道，將立刻派人調查，到底是誰做了如此慘絕人寰的事。」

六太皺起眉頭，就在此時，有人衝進屋內。是州宰白澤。

「——卿伯——您怎麼可以這麼做——！」

白澤連滾帶爬地衝了過來，跪在斡由的腳下。

「沒想到您真的派人破壞堤防！微臣一再阻止您，千萬不可以這麼做！」

在場的官員幾乎都發出驚愕的聲音。

斡由不悅地揮了揮手。

「白澤，你退下吧。」

「——不！卿伯，您不是說，要為民伸張正義嗎？竟然破壞王師築起的堤防。難道您不知道，一旦這麼做，百姓會認為孰是孰非？」

「——白澤！」

「州師的士兵和保護堤防的民眾發生了衝突，而且還向民眾揮劍，王師及時趕到，拔刀相助——您到底想幹什麼？城下的人聽到這個消息後，已經紛紛散去，不光是徵來的士兵，就連州師的士兵也打開城門，逃出了頑朴。」

「——什麼？」

斡由跑到窗邊，雲海下方有很多雲，無法看到下界的情況。

「元州已經完蛋了，卿伯，想必是您的本意吧？您終於成為天下的叛賊。」
白澤看向手足無措，難掩慌亂的眾官。
「你們也趕快逃吧，去向王師坦承自己的罪行，請求寬大處理。一部分意氣用事的州師已經前往北圍，恐怕會引發戰事，到時候就為時太晚了，你們也會遭到誅伐。」
斡由的肩膀發抖，在窗邊猛然回頭，露出凶神惡煞般的表情。
「白澤！」
斡由走到白澤面前，一把抓住他的胸口，把他推開。
「白澤，你才是天下的叛賊，不忠之輩！」
斡由露出充滿怨恨的眼神低頭看著白澤。
「你向來吹捧我是出色的令尹，當我有危難時，就棄我不顧嗎？你是州宰，不是必須阻止元州做出背離正道的事嗎？當我說要謀反，你非但沒有阻止，反而大力支持，等到我被稱為逆臣時，你就立刻見風轉舵，對主子見死不救嗎？」
斡由又看著嚇得腿軟的眾官說：
「你們也一樣，不是你們說想要堤防嗎？不是你們說，為了元州，必須掌握更多權力，必須治水，實施均土嗎？不是必須為了百姓這麼做嗎？況且，你們不是向王，而是發誓向我效忠，不是嗎！」
斡由大聲咆哮著走向白澤。

「當初不是你教唆的嗎？」

「臣──」

「你不是說，如果繼續讓延王治理天下，天下將會失去正道，有良心之士必須揭竿起義，伸張正義嗎？」

「卿伯，臣……」

「不是你慫恿我，只有我能夠做到嗎？」

「臣──沒有……」

「你才是逆臣，你這個蠢貨！」

「斡由大人──！」

「你要我為民著想，唆使我成為叛賊，一看到形勢不利，就想推卸責任自保嗎──我太笨了，竟然會輕信你這種奸臣。」

斡由嘆著氣，回頭看著站在房間角落的更夜。

「──帶他走吧。」

「卿伯……」

更夜露出沉痛的表情，斡由不理會他，走向州司馬。

「無論如何都要防止民心背離，死守州城──我帶台輔去關弓，向王報告事情的來龍去脈，讓王來判斷到底誰是真正的罪人。」

六太目瞪口呆地看著斡由。

（——無視過錯，更為了掩飾過錯不擇手段。）

斡由回頭看著六太時，臉上帶著苦澀的表情。被下臣背叛，被奸棍陷害的令尹命運太悲慘。如果有觀眾在看這齣戲，必定會信以為真，因為他的演技太好了。

「台輔，讓您受苦了，我會用自己的生命護送您回關弓。我有眼無珠，輕信了奸臣，願意接受任何制裁，但希望不要株連元州眾官，是否可以請台輔代為向王求情？」

六太看著眼前這個悲嘆不已的男人。

「斡由……這是你的本性嗎？」

斡由一臉詫異。

「你口口聲聲說是為民謀福，卻為了勝利不惜破壞堤防；你說自己是主子，卻把罪責推給更夜和白澤……這就是你的本性嗎？」

六太說完，看著茫然若失的眾官。

「這就是你們的主子嗎？為了州侯位，不惜把元魁囚禁起來的主子嗎？」

看到沒有人回答，六太轉身準備離開。

「台輔，您要去哪裡？」

「……回關弓，不需要人作陪。我會向王說明事情的原委。」

更夜站在房間角落，看著六太頭也不回地離開，忍不住吐了一口氣。

——瓦解了。

幾乎所有的州官都相信斡由的清廉，正因為他們相信，所以更夜才沒有對他們動手，他們也才能活到今天。這些官員有能力、有著崇高理想，卻很天真。然而，一旦發現斡由的過錯，大部分人會拋開在斡由的手下享受榮華，也會拋開忠義，毫不猶豫地選擇道義。

「原來如此。」斡由目送著六太，撇著嘴角。更夜於心不忍，抱著妖魔的脖子低下了頭。

「連台輔也想陷害我……」

六太沒有回答。因為他覺得再說也只是浪費口舌。

「白澤，」斡由回頭看著州宰，「難道是你和王、台輔密謀？」

「——卿伯！」

「是不是這樣？這一切都是你和台輔他們密謀的吧？王嫉妒我的聲望，所以唆使你讓我變成叛賊……我沒說錯吧？」

「斡由，」六太嘆著氣，「王不會做這種事，因為他根本沒必要這麼做。」

「難道你以為我不知道六官在怨嘆王有多麼愚蠢嗎？啊，為什麼我沒有更相信自己呢？如果我沒有這麼自卑，去蓬山諮諏天意的話……」

「只會白費力氣，」六太低聲說道：「你沒有君臨天下的能耐。」

「——你說我不如王嗎！」

「和尚隆相比，你根本是人渣。」

六太說完，轉身準備走出房間，但突然又轉過身，看著斡由和他背後的小臣說：

「我要澄清一點，剛才那句話並不是在稱讚尚隆！」

白澤看了看大聲咆哮的麒麟，又看了看前一刻還認為是自己主子的男人。他難過地嘆了一口氣，命令斡由身後的小臣：

「如果你們有一絲想要伸張正義的想法，就趕快把卿伯抓起來……」

白澤說到這裡，瞪大了眼睛。斡由身後的那些小臣中，有一個人似曾相識。

「怎麼可能——」

那個男人露齒一笑。怎麼可能有這種荒唐事？白澤搖著頭，那個男人經過那群一臉困惑的小臣，直直走向斡由。

斡由看著走向自己的小臣說：

「你能分辨善惡嗎？」

「不，」小臣笑著跪了下來，「我只是覺得有一件事要告訴你。」

「告訴我？」斡由皺著眉頭，「告訴我什麼？你是州師錄用的人吧？」

「是，託州侯的福。」

「是嗎？所以，你要告訴我什麼？你叫什麼名字？」

男人笑著直視斡由的臉。

「小松尚隆。」

斡由聽到這個奇怪的名字，不由得偏著頭。男人站了起來。

「也有人叫我延王尚隆。」
當男人起身踏出一步時，已經拔出了刀，毫不猶豫地用刀尖對準了斡由的喉嚨。
「——你……！」
「更夜，不要動，不然斡由的腦袋就不保了。」
更夜原本已經準備動手，但看到尚隆的視線，他愣在原地。
「誰都不許動，我不會要求你們放下武器，但統統退到牆邊。」
說完，尚隆微微回頭看了一眼走到門口的六太。
「難得聽到這麼中聽的話。」
「我不是說了，不是在稱讚你嗎？」
尚隆用刀尖指著斡由，放聲笑了起來。
「你……為什麼？」
斡由嘀咕著，尚隆看著他說：
「你不是想要測試天意嗎？我給你機會。」
「……什麼？」
「如果你想知道到底有沒有天意，根本不需要把百姓捲進來，只要你我比武一下就知道了，斡由，難道不是嗎？」
斡由瞪著尚隆，尚隆輕笑一聲，看著愣在一旁的眾官。
「聽好了，都不許動。」

有幾個人不知道想逃還是想要救幹由，聽到尚隆的話，立刻停了下來。

「我奉天意坐上王位，如果你們有所不滿，我不會怪罪於你們，但是，誅王就是誅天，如果想要確認天意，根本無需動兵。兵糧用完還可以再存，失去百姓卻無法彌補，消耗的生命無法靠翌年的收成補回來。如果幹由殺了我，接下來就是你們的天下，無論要振興還是消滅雁國，都悉聽尊便，因為這就是天意。」

說完，尚隆看著更夜。

「更夜——希望你不要讓你的妖魔牽扯進來，因為我不想當著飼主的面殺了牠，你也一樣。如果我殺了你，六太會恨我。」

尚隆笑著對眾人說：

「如果有忠義之士願意為幹由而死，就在幹由的周圍保護他。去把幹由的武器拿來，拿他最擅長的武器。」

雖然尚隆這麼說，但完全沒有人動彈。

「怎麼了？沒有人保護幹由嗎？」

即使尚隆追問，仍然沒有人站出來。尚隆輕輕苦笑一聲。

「原來如此——幹由，竟然都沒人理你。」

「你……」

「至少拿他擅長的武器給他吧。」

尚隆看向一名小臣，小臣猶豫了一下，走到幹由身旁，把自己腰上的長刀交給幹由。斡由握著刀的手在發抖。

「——臣惶恐，主上。」

白澤跪地磕首，在場的所有人也都跟著磕首。

「主上——臣羞愧，這就是漱州謀反的始末。」

「的確不怎麼光彩。」

「是——但主上已經親自討伐了卿伯，如果您不喜歡無謂的紛爭，請到此為止，恕臣懇請主上對卿伯寬大處置。」

「原來如此。」尚隆苦笑著，轉頭看斡由，發現他垂著手上的長刀跪在地上。

「斡由，打開州城，而且要解散州師。」

「臣……遵命。」

斡由深深地垂下頭。

「來人！」尚隆看向背後，把長刀收了起來，離開斡由身邊。六太提心吊膽地旁觀著。

「先把他抓起來，我會寬大處置他，找人監視他，不要讓他自戕。」

就在這時，斡由在背後對尚隆揮起了長刀。

「——尚隆！」

尚隆立刻回頭，手握刀柄。斡由舉著長刀，向前跨出一步。兩人之間只有三步的距離。到底是斡由的刀先落下，還是尚隆反擊更快？

所有人都倒吸了一口氣。

「——悧角！」

「——陸太！」

六太和更夜幾乎同時叫了起來，三步的距離決定了一切。

——他們兩個人還來不及靠近，悧角已經採取了行動。

悧角咬住了斡由，鮮血直流。

六太轉過頭看著更夜。兩個人同時發出叫聲，但更夜的叫聲是為了制止妖魔。求救的叫聲和制止殺戮的叫聲，決定了斡由和尚隆的命運。

斡由的長刀發出沉重的聲音落地，悧角精準地咬破了斡由的喉嚨後抽身。看到悧角衝過來，立刻向後彈開的尚隆再度走到躺在地上的斡由身旁。

很不幸，斡由是仙，脖子被咬斷一半，卻仍然沒有斷氣。躺在自己的血泊中，露出空洞眼神的斡由到底看到了什麼？

「……我讓你解脫。」

尚隆說完，拿起長刀，高舉到頭上後砍了下來。斡由的脖子被砍斷了，在場的每個人都聽到了長刀觸及地面的聲音。

3

尚隆巡視呆若木雞的眾官後，把長刀收了起來，叫了一聲「更夜」，直直走到他面前。

「更夜——起。」

「但是，」更夜回答的聲音氣若游絲，「我……」

「我要向你道謝。」

六太也走到更夜身旁。

「……更夜。」

「嗯。」更夜微微點頭，跪在尚隆面前，低頭露出脖子。

「我願意接受任何處分。」

「——更夜！」

尚隆低頭看著他。

「……更夜，我不會殺你。」

「大逆之臣需斬首，這是慣例。」

「我拒絕。」

更夜抬起頭，臉皺成一團大叫著：

「我並不是想要救你！」

妖魔鳴叫了一聲，把尖嘴放在他的肩上。

「——我並不是為了救你，我想救斡由，只是在情急之下，制止了陸太，不是我想要制止陸太，是你讓我制止牠的，並不是我對斡由見死不救！」

「更夜。」

「為了斡由，我可以做任何事！即使殺人，我也不會有絲毫的痛苦！所以即使是你，我也可以殺！我完全不在意國家滅亡，也不在意有人深受其苦，更不在意有多少孩子被丟棄！」

「更夜，我不是說了嗎？我存在的目的，就是為了把一個豐饒的國家交給你，如果沒有人接受，就失去了所有的意義。」

「把國家交給我以外的人就好，反正有很多人想要。」

「我很貪心，如果有一百萬人民和一百萬零一個人民，我選擇後者。」

更夜低下頭，用手抱住了正用尖嘴撫摸他肩膀的妖魔脖子，淚水滴落下來。

「……但是，沒有我和大個的容身之處。」

「——更夜。」

「無論國家變得再豐饒，都沒有我的容身之處……因為我是妖魔的孩子。」

更夜說完，抬頭看著尚隆。

「國家越豐饒，越是成為夢幻般安逸的地方，我一定會更難過、更痛恨。夢想中的蓬萊就在眼前，我卻無法走進去。如果你同情我，就不要讓我體會這種感受。」

「你要我下決心殺你嗎——我絕對不會這麼做。」

尚隆跪在更夜面前。

「妖魔會攻擊人。你遭到攻擊時會感到痛苦，其他人遭到攻擊也會痛苦，但是，妖魔選擇了你，沒有被選擇的人就無法和妖魔共同生存。」

「——大個不會攻擊人！」更夜抱緊了妖魔，「牠會聽我的話，不會背著我去攻擊別人。雖然妖魔不攻擊別人就無法生存，但牠為了我，一直忍耐著不攻擊人類！」

「那好，」尚隆點了點頭，「我給你一個地方，讓你和妖魔可以居住的地方。」

更夜笑了笑，痛苦的表情令人鼻酸。

「是多奢侈的牢獄？柵門是用銀子做的嗎？」

「不會受到妖魔攻擊的國度。」

尚隆伸出手，用手撫摸著把尖嘴放在更夜肩上的妖魔的頭。更夜張大了眼睛，陸太的身體也繃緊了，但還是順從地聽任尚隆撫摸。

「——人之所以害怕妖魔，是因為妖魔在荒廢的國土上徘徊，就會攻擊人類。只要隨著國家的復興，自然的規律調和，妖魔不再四處橫行，人類就不會遭到妖魔的攻擊，於是，即使養育你長大的妖魔出現在人類面前，人類也不再害怕，只覺得牠是難得一見的妖獸。」

「尚隆。」更夜張大眼睛輕聲嘀咕，尚隆露出了笑容。

「我不會處罰你，也不會處罰所有元州的眾官。雁國的國民原本就很少了，我不想讓國民的人數變得更少。」

「但是……」

「我也不會剝奪你的仙籍，因為要打造這樣的環境，不是十幾、二十年能夠完成的……給我時間，我一定會給你一個讓你和養育你的妖魔都不會被人追趕的環境，在此之前，就暫時先在王宮的庭院忍耐一下。」

更夜看著尚隆。

「真的會有這麼一天嗎？」

「更夜，我就是為此而存在。」

更夜眨著眼睛，在內心玩味著尚隆的這番話良久。

「……那我會在金剛山等待那一天的到來。」

「更夜，你來闢弓。」

「因為有陸太，所以我可以在黃海生活。我在黃海等待雁國成為你口中的國家。」

更夜說完後，更用力地抱著妖魔。

「……我會永遠等待……」

4

妖魔飛向西方，六太站在露臺上，目送著他們遠去，直到他們完全消失無蹤。

——陸太。更夜當時制止了妖魔。

悧角，快去救尚隆。六太也呼喚了妖魔。

六太總是把尚隆的安危放在首位。那一次也是這樣，六太在逃竄的人群中呼喚著「悧角」。

尚隆猛然張開眼睛，頭上是一片淡藍色的蒼穹。是因為自己的關係，所以感覺到天地在搖晃嗎？還是因為其他的理由？

他茫然地眨了幾次眼睛，聽到了水聲。吹來的風是海風，漸暗的天空上出現了白色小星星，在天上緩緩搖晃。原來是船在搖晃。尚隆想道。

他躺在船上轉頭一看，發現一個小孩坐在船頭。那是尚隆之前救的孩子，當初看到他倒在海邊的岩石上時，以為他已經死了，把他抱起來準備埋葬時，才發現他還有呼吸。

「……我為什麼會在這裡？」

尚隆小聲嘀咕，他的聲音極度沙啞。

他為了撤退的民眾堅守退路，退路卻被村上軍截斷了，逃命的民眾被村上軍包圍。雖然他很想去營救民眾，但他連守在原地都很困難。如果手上有弓箭，就可以阻止村上軍登陸，但他的箭已經用完了。

他記得自己砍了三個敵人，又用搶過來的長槍擊退了兩個人，在準備攻擊第三個人時，好運耗盡了。有人從背後用長槍刺中了他——之後發生了什麼事？

尚隆皺著眉頭坐起來。身上可能受了傷，但他不知道傷在哪裡，渾身疼痛，連呼吸都有困難。

「該不會……是你救了我？」

六太聽到尚隆的發問，只是點了點頭。六太直到最後一刻都在猶豫，但還是無法對尚隆見死不救。六太因為聞了太多血腥味而生了病，悧角為此痛苦不已。最後，他派悧角前往營救——把尚隆帶離了現場。

「其他人呢？」

六太搖了搖頭。真希望沒有流那麼多血。六太在各國流浪期間因為見了太多血而生了病，在小松的戰亂中，已經完全病了，無力營救剩下的所有人。

「為什麼要救我？」

「因為你也曾經救過我。」

「你倒在海灘上時並不想死，還是說，你打算死在那裡？」

「不，」六太搖了搖頭，他靠著船舷，看著尚隆的臉，「你想死嗎？」

尚隆仰著頭，看著向晚的天空。

「每次別人叫我少主，我就覺得他們在說，拜託你了……這個國家拜託你了，我們也拜託你了——但是，我無法保護他們。」

「那不是你的錯。」

小松國太缺乏國力，士兵人數也嚴重不足，無論如何都不可能贏，而且村上軍無意談和。

「不是我的過錯……這也無可奈何。」

「既然這樣，根本不需要沮喪啊，你不是已經盡了最大的努力嗎？」

「——因為我是繼承人，所以從小就被城下那些人捧在手心。」

「那是——」

「每次他們叫我少主，就同時把某些東西託付給我，每叫我一次，這種託付就不斷累積，但我沒能夠回報他們的期待……也永遠無法再回報了。」

尚隆仰頭看著天空，沒有看六太。他挺起的胸膛用力起伏，難道是因為傷勢很痛嗎？

「……那是他們的請託。我背負著他們的請託，這輩子將永遠都無法卸下來，只要活在世上，就必須毫無意義地一直背負……即使我向來無憂無慮，也會感到厭倦……」

船隻隨著海流，在瀨戶內海上漂流。六太把尚隆抱到悧角的背上，漫無目的地在天空中飛翔時，發現了這艘在海上漂流的小船。
六太注視著尚隆，事到如今，他仍然猶豫不決。
尚隆傷勢嚴重，躺在那裡應該也很痛苦，還是——他有更痛苦的事，所以無法察覺到自己的傷痛？然而，這種傷痛的確在消耗尚隆的生命，六太越猶豫不決，尚隆就一步一步走向不歸路，到時候六太一定無法見死不救，一定會為了救他而授予他長生不老的生命——因為這就是六太的命運，或者說是雁國的民意。
「……你想要一個國家嗎？」
六太低聲問道，尚隆仰望著天空回答。
「想啊。」
「即使是一個貧瘠、不豐饒的國家，你也要嗎？」
尚隆終於坐了起來，憔悴的臉上露出慣有的笑容。
「國家的大小並不重要，我生來就是要繼承國家的，也從父親手上繼承了國家，沒有國家的君主簡直貽笑大方——就這麼簡單。」
「國土一旦荒廢，人心也會荒廢。人心惶惶，可能不願聽從你的指揮。」
「那就得看我的本事了，不是嗎？」
六太看著尚隆。
「……要不要送你一個城邑？」
「你嗎？」

「也可以送你一個國家或人民——只要你有意願。」
「哪裡的國家？」
「說了你也不知道，如果你想要那個國家，就必須告別所有的一切。」
尚隆苦笑著說：
「……如果我還剩下什麼必須告別的東西，請你告訴我。」
「你再也無法回到瀨戶內海，也無法回到島上。」
「……是喔？」
「如果你願意，那我就送你一個國家。你想要王位嗎？」
尚隆在六太的注視下靜靜地回答：
「……我想要。」
六太點了點頭，離開船頭，走到尚隆的前面，然後跪了下來，深深地低下頭。
「——承天命恭迎主上。不離君側，不違詔命，矢言忠誠，謹以此誓。」
「——六太？」
六太抬起頭看著尚隆。
「說你想要國家，迎我為臣。如果你背負著期待，那我就背負了一個國家。」
尚隆靜靜地望著六太，不知道他為什麼相信了六太，突然笑著點了點頭。
「——我迎你為臣，但一定要一個國家，不能只是一座城邑或是一片土地。」
六太垂下頭，額頭碰觸他的腳，給了他想要的東西。

王宮和陷入折山之荒的國土，以及三十萬的雁國國民。

——如今，他感到滿足嗎？斡由的事只是開端，類似的事將在之後層出不窮，尚隆未必能夠每次必贏，雁國隨時面臨荒廢的危機，真的會有國民安居樂業的那一天——尚隆向更夜承諾的和平日子嗎？

模糊的微小影子在蒼天中消失不見了，六太抬頭看著站在身旁和他一起目送的尚隆。

「謝謝……」

「謝什麼？」

尚隆冷冷地回答，仍然看著西方。

「謝謝你原諒了更夜。」

「我可不是因為你才這麼做。」

尚隆說話的語氣很冷漠，六太忍不住偏著頭納悶。

「……你該不會在生氣？」

尚隆這才收起望向西方天空的視線，看著六太。

「我怎麼可能不生氣？你知不知道因為你不小心被綁架，到底發生了什麼事？」

「……我錯了。」

六太輕聲地說，略帶困惑地微微仰望尚隆的側臉。

「亦信、驪媚和嬰兒，至少死了三個人，這等於從我身上挖走了三塊肉。」
六太猛然抬起頭。
「我努力為百姓創造良好的生活環境，你身為麒麟，卻眼看著他們死去。」
「對不起……」
「難道沒有方法營救他們嗎？麒麟慈悲為懷，你是不是搞錯發揮慈悲的對象了？」
「尚隆，對不起。」
六太覺得無顏面對尚隆，所以低頭緊緊抱著他。尚隆的手輕輕拍著他的頭。尚隆的手很大，因為六太仍然停留在十三歲。
「——我不是說過，一切都交給我嗎？」
「嗯。」六太點了點頭。尚隆說，一切都交給他，六太明明已經決定把一切交給他，也告訴自己麒麟是民意的具體展現，所以決定相信自己做出了正確的決定。
哭得像傻瓜一樣，自己真的從十三歲開始就沒有長大。
「不管是朱衡還是帷湍，還有你，我的臣子也未免太沒眼光了。」
尚隆抱怨著，六太忍不住噗哧一聲笑了起來。
「——尚隆……」
「怎麼了？」
「你和更夜約定，要給他一個安居樂業的地方，也會給我嗎？」
聽到六太的問話，頭上傳來失笑的聲音。

「……你也算是雁國小民一枚。」
「所以，你想要怎樣的地方？」
六太抬起頭。
「……綠色的山野。」
六太退後一步，看著尚隆。
「我想要一個沒有任何人挨餓的豐饒國家，想要一個不會受凍，也不會被夜露淋溼的家。百姓都安穩度日，不必擔心飢餓，也不必害怕戰火的和平土地——這是我夢寐以求的國家，一個父母不需要丟棄孩子也可以活下去的富饒國家……」
尚隆笑了起來。
「你信守承諾，給了我一個國家，所以我一定會還你一個國家。」
「……嗯，」六太點了點頭，「那在你說我可以張開眼睛之前，我都會閉上眼睛……」

終章

「——朱衡，你知道尚隆在哪裡嗎？」

六太探頭向內朝的官府問道。

平定斡由之亂至今已經十年，不久之前，終於完成了六官諸侯的整頓工作，也開始錄用官吏，著手整頓朝廷。朱衡被拔擢為新朝廷的大司寇，是六官中的秋官之長。

「微臣不知。」

朱衡說話時仍然嘆著氣，秋官廳的幾名官吏和帷湍也都在。

「應該下去關弓了吧？」

朱衡說，帷湍也甩了甩手上的公文。帷湍被任命為地官長的大司徒。

「你可以去廄舍看一看，確認一下多磨在不在。」

多磨是尚隆的坐騎，是妖獸騶虞的名字。

「咦？你們怎麼不生氣？」

「早就放棄了，反正他唯一的樂趣，就是去街上看看百姓幸福快樂的樣子，我已經不想去阻礙他了。」

「喔，是喔。」

「反正並不是什麼事都要仰賴他，我們做我們的，如果他有意見就會說吧。」

「原來你真的領悟了。」

六太深有感慨地看著帷湍，沒想到連朱衡也沒有好話。

「反正即使他來參加朝議，也只是亂插嘴而已，既然這樣，就不必勉強來參加了。王只要在關鍵時刻發揮作用就好。」
「原來你們每個人都徹悟了……但想到你們到達今天這個境地的過程，就不由得深表同情。」
「如果您真的同情我們，請轉告主上，請他偶爾也假裝認真一下。」
「好。」
六太回答後，轉身離開，聽到小官在背後竊笑。

六太跑向王宮，前往禁門。沿著位在燕寢那一區後方建築物的樓梯往下走，就來到凌雲山的半山腰，那裡的大門就是禁門。六太輕輕舉手向門衛打招呼，衝出了禁門。
門外是將巨大的岩石鏟平後形成的空地，在天空飛行的妖獸可以在此降落。六太跑向位在後方的廄舍，看到尚隆正把鞍子放在多磨的身上。
「——怎麼樣？」
尚隆轉過頭問他，六太笑著對他點頭。
「他們好像完全不在意。」
尚隆露齒而笑。
「看來即使出門十天也無妨。」
「一定沒問題的，等他們發現時，也已經來不及了。」

六太用布包著頭。

「所以，我們要去哪裡？」

「去奏國看看，聽說宗王是一位很出色的智者。」

「搞不好見了之後你會喪失自信，然後一蹶不振。」

尚隆露出不懷好意的笑容，把六太的行李丟了過來。

「聽說宗麟是一個風姿綽約的美女，美若天仙，很多人拜倒在她的石榴裙下——不知道誰會喪失自信呢？」

「真是死性不改。」

「聽說奏國在集市管理方面推動了很有趣的政策。」

「你要模仿嗎？真沒出息。」

「只要國家富強就好，如果有人這麼說，我就說自己腦袋空空，只能耍猴戲模仿別人啊。」

「腦袋空空，這是事實吧？」

「喔，我努力隱瞞，還是被你看出來了？」

「……你真的是一個笨王啊。」

「笨得很徹底吧？」

「還敢說呢。」

「——六太，改天你想不想去蓬萊？」

六太抬頭看著抓住轠繩的尚隆，他微微回頭望著六太。
「我很想知道那裡目前的情況。」
「我才不要，如果帶王去蓬萊，會發生重大災害。」
這兩個世界原本沒有交集，如果硬是讓兩個世界產生交集，打通兩個世界之間的通道，就會引發災難，但如果只有麒麟在兩個世界之間穿梭，並不會導致太大的災難。
「所以你一個人去吧。」
六太張大眼睛。
「……可以嗎？」
「反正你有使令，應該沒問題吧。」
「除了耍猴戲，你還想模仿蓬萊嗎？」
六太促狹地揶揄道，尚隆爽朗地大笑起來。
「我不是說了嗎？只要國家富強就好。」
「你這個人還真是沒節操啊。去是沒問題啦，只是恐怕會見血。」
「那個國家還沒有安定嗎？」
「可能還需要一段時間……」
六太情不自禁地嘀咕，尚隆一臉得意地笑了起來。
「——你果然去了蓬萊。」

「啊？」
「因為我在關弓沒遇到你，所以納悶你到底去了哪裡。」
「那是偶爾……」
「如果去街上，你不是都會用布包住你那頭花俏的頭髮嗎？但你完全沒有隱藏，所以我想八成是這麼一回事。」
「啊哈哈哈。」
既然事跡敗露，就只能傻笑了。
「……呃，但是……」
「雁國官吏都很能幹。」
「是啊是啊，即使王和宰輔不怎麼爭氣也沒關係。」
尚隆放聲大笑起來。
「——走吧？」
「嗯。」六太騎在騶虞身上。騶虞衝出廄舍，門衛發現後驚慌失措，還來不及追上來，騶虞縱身一躍，飛離了懸崖，飄然地降低高度，一天可以穿越一國的妖獸開始在天空飛翔。
放眼望去，下界一片綠野。

大化二十一年，元州令尹接祐欲謀上帝位，舉兵謀反。接祐字幹由，元州侯魁之子。上赴元州頑朴討伐，平息天下動亂。接祐於頑朴梟首。上改元號為白雉。

白雉八十七年，改元號為大元。元年，上頒坐騎家禽令。自古以來，馬、牛、妖獸方可為坐騎，再加上妖魔為四騎。家禽六畜加妖魔後為七畜。各社、城門、里閭廣貼敕令，青海黑海沿岸，及金剛山等國土各地皆頒此令。縱觀十二國，唯有雁國將妖魔加入三騎六畜之列。

《雁史邦書》

解說

養老孟司

十二國記

如果沒有任何預備知識就閱讀十二國記系列的作品，或許會驚訝連連，但很快就會適應，完全被作者構築的世界深深吸引。

先試著閱讀，閱讀之後，就會欲罷不能，然後只能一集接著一集看下去，而且不斷想看後續，正因為如此，作者只能也欲罷不能地持續寫下去。

奇幻小說都很長，因為好不容易理解了那個世界的規定，要離開那個世界未免太可惜了。

小野不由美的世界呈幾何學對稱，分成了十二國，整體就像是花瓣和花萼，中央是黃海，但如果以為黃海是海，那就錯了。「高空中有雲海，區分了天界和下界，即使站在下界往上看，也不知道天上有水，以為打向淩雲山頂的海浪是白色的雲。」、「從天界看雲海，覺得是一片帶著微藍的透明大海，深度似乎和一個人的身高相仿，但即使潛入海中，也無法觸及海底。隔著雲海的水，可以看到下界的情況。」

東西南北的金剛山圍繞在黃海這片陸地（！）的周圍，中央聳立著五山，金剛山的圓形陸地周圍又是黑海、白海、赤海和青海，外圍的陸地稱為八國，八國之外是虛海，渡過虛海後又有四國，總共有十二國，但光用文字敘述，恐怕無法瞭解這十二國的地形。

所謂的常識並不適用於這個世界，至於這個世界的規矩，讀者只要接受就好。如果認為「怎麼可能會有這種世界」，那就無法享受閱讀奇幻小說的樂趣。奇幻世界所發生的事是否不合常理？其實也未必，因為那也是一個很有人性的世界。至於故事要如何描寫，那就是文學領域的事，設定問題也是作者的工作，讀者只要享受閱讀樂趣就好，所以很輕鬆。身為讀者，不能享受了閱讀樂趣，卻對作品設定的細節說三道四。

《東之海神　西之滄海》是雁州國的王和麒麟之間的故事。在閱讀「十二國記」時，除了瞭解十二國的地圖以外，還有一些必須瞭解的規定。這些事會在閱讀過程中瞭解，所以不需要特別解說，但基本之一，就是每一個國家通常都有王和麒麟。

「——天帝開天闢地，建十二國，擇才坐上王位成為王，麒麟循天帝之意進行挑選。

各國都有一麒麟，麒麟是妖力強大的神獸，循天意選王。麒麟誕生於位在世界中央的五山東岳的蓬山，自認為王者登上蓬山面見麒麟，上山面見麒麟諮諏天意的行為稱為昇山。」

因為麒麟是神獸，能以人形現身，所以平時是人，只是很怕見血，只要見到血，就會生病，情況嚴重時還會昏厥。麒麟的靈力來自於角，一旦封住麒麟的角，就會失去靈力。這個「規定」成為作品的小道具。

說一個題外話，看到血會昏倒的通常都是男人，如果女人看到血就昏倒，恐怕就當不了女人。在醫學院實習時，解剖時沒有血，所以問題不大，當帶完成解剖的學生去手術室時，有時候會有人昏倒，而且每次昏倒的必定都是男生。

延王尚隆在蓬萊出生。從十二國的世界看到我們這裡的世界就稱為蓬萊。他原本叫小松尚隆，是戰國時代小松水軍的公子，被村上水軍殲滅，在他即將死於戰場時，六太救了他。六太是麒麟，來到這裡的世界尋找王。

兩個人攜手重建荒廢殆盡的雁州國，只是需要相當的時間。前王在施政末期慘無人道，整個國家幾乎已經停擺，但元州州侯的兒子精明能幹，讓父親退休後，掌管元州，建立了功績，野心勃勃地覬覦王位。

故事按照這樣的情節展開。這一集是國家創業的故事，主題圍繞著何為治世、該怎樣當一個統治者，所以有點像宮城谷昌光的世界變成了奇幻小說。不瞭解宮城谷昌光作品的人不妨找機會閱讀，雖然和十二國系列無關，但小說很有趣，所以才會改編成電影和電視。

「十二國記」的背景是神仙妖獸的世界，書中人物的名字都很有中國味，官職也都沿用了中國古代的官名，但說的並不是中國的故事，主人翁來自日本。

說到中國的奇幻小說，當然無人不知《西遊記》，寫的是孫悟空、豬八戒、沙悟淨三個妖怪協助三藏法師的取經之旅。妖或怪都被認為是人類的夢，但也同時是超人。於是就會發現，妖怪其實經常出現在美國的科幻小說（電影）中，鹹蛋超人和假面超人也都是，那些都是戴上科學技術面具的妖怪，純樸的妖怪當然首推水木茂的漫畫，他的漫畫廣受歡迎，還因此促進了鳥取縣境港市的發展。

除了《西遊記》以外，中國的神話、傳說和史書都具有神奇的魅力，當然一方面因為我們是日本人，所以會產生這種感覺。中文當然就是漢文，現代人幾乎很少學漢文，但比起純粹的日文，用漢文的方式書寫方便閱讀，說明也更簡潔有力，而且漢文中沒有定冠詞、不定冠詞，也沒有助詞、助動詞，更沒有格變化和語尾變化，中文就是這樣，文章都用詞彙排列成句，所以從某種意義上來說，不得不簡潔，也無法使用現代日文中的曖昧表達，也因此有很多誇張的表達。有時候我覺得或許因為語言的關係，讓人覺得中國的政治人物說話很嚴厲。因為語言會限制思考，使用這種語言，在說人壞話時好像也變得振振有詞。可能因為這個原因，中國和日本從一百年前就一直吵不停。

但是，中文的敘述有固定的格式，因為有格式，所以敘述時就會按照格式表達。在介紹人物時，會用「某某人是哪裡（出生地）人，本姓某某，字某某，是某某人之子」。一旦習慣這種表達方式，就會覺得日本式的寫法平淡冗長又無力。

在日本文學中，當然應該有漢文式的奇幻小說。仔細想一下，就會發現有不少前例。以我小時候看過的作品來說，芥川龍之介的《杜子春》就是一例。聽說芥川很喜歡中國的小說，不知道時下的年輕人是否熟悉這類作品，我認為年輕人應該多接觸這些作品。因為漢文是日文的基礎之一，當然不能忽略。從這個角度來說，習慣閱讀小野不由美的作品，有助於開拓文學的世界。

我上了年紀，所以會想起孩提時代的事，當時是沒有書的時代。現代人可能難以想像沒有書是怎樣的時代。那時候沒有電視，當然不可能有卡通。在那種環境下，有些故事讓人感到很不可思議，比方說，《白猿記》、《干將莫邪之劍》，這些都是中國的傳說，那些作品的世界會讓人覺得「奇妙」，所以也深受吸引。現代的奇妙一點都不奇妙，因為電視「世界真奇妙」中的每一個疑問都有正確解答，既然有正確解答，哪來「奇妙」可言？

中國的奇妙才是真正的奇妙，沒有答案。南伸坊擅長用插畫的方式介紹這些故事。沒看過他的作品？那就趕快去找書來看啊。

奇妙的意義，在於可以讓人感到奇妙，奇幻小說會讓人在不知不覺中瞭解這一點。

（平成二十四年十一月，解剖學者）

二記十國

奇炫館

十二國記 東之海神 西之滄海

（原名：東の海神 西の滄海 十二国記）

著　　者／小野不由美
執 行 長／陳君平
榮譽發行人／黃鎮隆
協　　理／洪琇菁
總 編 輯／呂尚燁
譯　　者／王蘊潔
美術總監／沙雲佩
美術編輯／陳又荻
執行編輯／洪琇菁
封面及內頁插畫／山田章博
企劃宣傳／洪國瑋
國際版權／黃令歡、梁名儀
文字校對／施亞蒨
內文排版／謝青秀

出　　版／城邦文化事業股份有限公司 尖端出版
台北市中山區民生東路二段一四一號十樓
電話：（〇二）二五〇〇－七六〇〇
傳真：（〇二）二五〇〇－二六八三
E-mail：7novels@mail2.spp.com.tw

發　　行／英屬蓋曼群島商家庭傳媒股份有限公司城邦分公司 尖端出版
台北市中山區民生東路二段一四一號十樓
電話：（〇二）二五〇〇－七六〇〇（代表號）
傳真：（〇二）二五〇〇－一九七九

中彰投以北經銷／楨彥有限公司（含宜花東）
電話：（〇二）八九一九－三三六九
傳真：（〇二）八九一四－五五二四

雲嘉經銷／威信圖書有限公司 嘉義公司
電話：（〇五）二三三－三八五二
傳真：（〇五）二三三－三八六三
客服專線：〇八〇〇－〇二八－〇二八

南部經銷／威信圖書有限公司 高雄公司
電話：（〇七）三七三－〇〇七九
傳真：（〇七）三七三－〇〇八七

香港經銷／城邦（香港）出版集團有限公司
香港灣仔駱克道一九三號東超商業中心1樓
電話：（八五二）二五〇八－六二三一
傳真：（八五二）二五七八－九三三七
E-mail：hkcite@biznetvigator.com

新馬經銷／城邦（馬新）出版集團Cite（M）Sdn. Bhd.
E-mail：cite@cite.com.my

法律顧問／王子文律師　元禾法律事務所
台北市羅斯福路三段三十七號十五樓

二〇一五年二月一版一刷
二〇二二年九月一版八刷

■中文版■

郵購注意事項：
1. 填妥劃撥單資料：帳號：50003021戶名：英屬蓋曼群島商家庭傳媒(股)公司城邦分公司。2. 通信欄內註明訂購書名與冊數。3. 劃撥金額低於500元，請加附掛號郵資50元。如劃撥日起 10～14日，仍未收到書時，請洽劃撥組。劃撥專線TEL：(03)312-4212 ・ FAX：(03)322-4621。E-mail：marketing@spp.com.tw

國家圖書館出版品預行編目(CIP)資料

十二國記：東之海神 西之滄海 / 小野不由美作；
王蘊潔譯. — 1版. — [臺北市]：尖端出版：
家庭傳媒城邦分公司發行, 2015.02
冊；　公分
譯自：東の海神 西の滄海
ISBN 978-957-10-5879-5(平裝). —

861.57　　103026209

十二國記

十二國記